聊聊

著 高翊峰

聊聊是一種溝通，是分享，也是尊重，更是民主。年輕世代的爸爸是如何和孩子聊聊的呢？話題或許是相似的，但是要如何具有創造力卻是難的。

——小野（作家）

有一項耶魯大學的研究成果總令我隱隱不平又十分在意：「由男性帶大的孩子更聰明」。陸續閱讀高翊峰的親子專欄，我投降了！

——宇文正（作家）

有一個人，他所想的事，所說的話，所做的事，決定了未來會發生在孩子身上的一部分。所以稱職的父親需要親身去思考，需要證明自己這一生，都願意彈盡援絕苦幹實幹。

——葉揚（作家）

再次成為「新手」爸爸的我，這次面對的是「兒子」的全新物種。慶幸有高老師與夏的故事，陪我重新開始。

——藍鈞天（演員）

是昨天的夏，對我說的一段話。

放學後，他一回到家，古靈精怪地悄悄告訴我：「爸比，我有一個秘密，明天，再跟你說……」

今天的我，總是期待，夏說的那個明天，一直在遲到的路上。

——二〇一八・一・三

目次

如何判斷魚去旅行？

夏：我們人去旅行，會背一個包包，這樣就知道是要去旅行。魚要去旅行，就只有帶著身體去旅行，那我們怎麼知道魚要去旅行了？

我：你的問題是，如何判斷魚去旅行了？

——二〇一二．六．十六

二〇一二年，發現初夏來臨的那一夜，我正準備入睡，夏突然衝出他的房間，追問我「如何知道魚要去旅行」的問題。

人如何知道魚去旅行了？當時，我一時語塞，答不出來。

夏便一臉詭異竊笑，對我說：「我的問題，很難吧！」

我們時不時會想一些讓對方答不出來的問題。這是那個時期，我和夏的日常遊戲之一。

夏在社區的通泉草幼稚園，接受學齡前教育。有一小段時期，我經常假裝，一臉正經嚴肅，向六歲的夏問問題。比如：

「你知道，卡夫卡是誰？」

「你知道，人為什麼會變成蟑螂？」

「你知道，人為什麼不可能踏入同一條河流？」

第一瞬間，夏總會立即切換孩童思考中的一號表情——用力鎖眉。等他一臉茫然，就快要落入沮喪了，我便不懷好意說：「我的問題，很難吧！」

隨後，我立即公布答案，當然是惹來他一頓極為不爽的抱怨與反駁。

「這是大人才知道的事，你不能問。」這是夏剛開始最常使用的辯術。

我們之間的父子遊戲，經常輕易展開，像似遊戲，又不全然是遊戲。有時也會隨興發明一個十分日常的新遊戲。

這個遊戲，我們稱為「問問題」。在提問與解答的過程，經常是彼此為難，也以為難彼此為樂。這也算是一種無聊的父子較勁遊戲。不用多久，夏也開始找問題，試圖難倒我。

他曾問：「你知道，獨角仙為什麼都在晚上飛到我們家？」

我回答：「獨角仙是夜行甲蟲，有趨光性。因為客廳的燈光，獨角仙才會飛到陽臺。」

夏也曾抓到超大竹節蟲，追問我：「你知道，沒有風，竹節蟲為什麼走路還搖來搖去的？」

我也立即回答：「牠假裝成風吹的樹枝，搖來搖去，真的變成樹枝，就可以躲避天敵，不會被吃掉。」

他反駁：「竹節蟲不會真的變成樹枝！」

他反駁得如此理所當然，我也就會十分不理性強力詭辯：「竹節蟲死了，身體就會變成樹枝。真的，不相信你可以上網查⋯⋯」

這類小說式的狡辯，通常都會讓這時期的夏，又掉入鎖眉深思。

每一次狡辯獲勝，我都故意語帶驕傲，表情堅定好比頑石。我的應答，多半不精準，也未必進一步查證資料，更多時候是虛構的一步，但我就是會想要逞強回答。我當然只是為了逞逞威風。原因無他，就是放不下父親這個身分的驕傲感。慢慢地，我發現夏的問題，越來越抽象，越來越曖昧，我也越來越支支吾吾，顯露一個父親心虛的馬腳。

幼稚園大班還沒結束，夏就揭穿了這個遊戲的劣質特色——只要問題模稜兩可，或者提出沒有標準答案的問題，他就有機會問倒我，為難我，扳回一城，拾回他擔任兒子的尊嚴。現在回想，這個階段性的遊戲，該是理想的負面溝通教材——誘導兒子拆穿父親田野調查不夠充分的懶惰行徑。

當「人如何判斷魚去旅行」的問題出現，看著夏竊竊取笑我的神情，我便意識到，糟糕，完蛋了，被反將一軍了。這個問問題遊戲，之後沒搞頭了。我得趕緊想出下一個日常遊戲，把夏和我的父子時光，繼續玩下去。不過，先前不負責任的亂說話，還是有出來跑跳江湖的代價。父親亂玩，遊戲過後，一不小心就迎來世界末日。接下來，至少有兩、三年，我還得為過去那些胡謅唬爛的虛構回答，肩負起最嚴苛的責任：事實驗證。

「爸比，你剛剛說的，可以證明一下嗎？」這是兒子向父親投擲的重力迴旋鏢。夏開始懂得質疑我了。

引導兒子質疑父親？是的，在我看來，這是父子對話的重要一環。我只是犧牲少許不必要的父式尊嚴，換得夏懂得如何挑戰權威？也不盡然只是如此。夏有可能體感到，凡事不必盡信，若需要，試著自己去驗證事實。

只不過，我怎麼證明——

我，如何判斷魚是否出發去旅行了？

又或者，我怎麼描述——

一個父親，如何為兒子判斷魚是否出發去旅行了？

證明與描述。這兩個問問題，依舊是遊戲，依舊是難題。

「這麼難的問題，應該交給博士去研究，不是嗎？」這是新手父親的常用閃躲語。

「爸比，你又開始在狡辯。」每一位學齡前兒子的刺槍術。日常的一來一回，發生的即是對話，也是父子各自表演的宣傳。

寫到這，請容我稍稍岔開話題。

我忽然想起，YouTube 公司在初期時，曾以「Broadcast Yourself」作為廣告宣傳標語。宣傳自己。父與子的遊戲，經常是父親自行宣傳「父親強者」的遊戲。父親較強，只是比兒子多懂一些。在孩童會用 YouTube 解釋世界的時代，試圖問問題，難倒兒子，已經不是一個父親可以長期勝任的遊戲角色人設。

在訊息串流與知識重編的影音內裡，兒子對外部世界的觸及速率，在千禧年之後，流經光纖轉換器，已經是當代父親不容易跟上的節奏。

父親已經被編入白堊紀了，影音紀的兒子，現在只要動動手指，很快就可以發現，父親的問問題，很有問題，父親給的答案，是高度可能有問題……我得接受這項事實，頂多嘆口氣，抱怨影音紀給父親的時代挑戰，實屬艱難。

我可以假裝為很懂的父親的日子，已經越來越短了。

最後附帶一提，擔任新手父親一職的我，不管是否擁有博士頭銜，又是否養魚，最終還是無法精準判斷，魚是否出門旅行了。還沒長大的夏，懂得搭訕魚，和魚對話，甚至可以和我養的魚，變成莫逆之交，一起設陷阱，誘導我往坑裡跳。這一點，我遲早比不上夏。

如何判斷魚是不是要出門去旅行？

這問題一點都不難。目前有一個可能最棒的解答方式，我一會就去問問茶葉蛋（註）。說不定，茶葉蛋立刻有答案。

註：茶葉蛋，是夏的朋友心與貝（姐弟）養的一隻貓。據知，牠一直沒打算出門去旅行。

〈聖誕鈴聲〉改編版

夏：雪花隨風飄／麋鹿在尿尿／聖誕老公公／穿著內褲亂跑／跑到我家來／偷看我洗澡／雞雞就被偷看到／禮物沒要到／叮叮噹叮叮噹鈴聲多響亮……

我：你再這樣一直唱下去，今天晚上，要是聖誕老公公和麋鹿沒有一起送禮物到我們家。我就只能發脾氣了……

——二〇一二・十二・二十四

這一年聖誕節的前幾天，還在上幼稚園的夏，估計是和上課的小玩伴們，一起集體創作了〈聖誕鈴聲〉（Jingle Bells）的「內褲改編版」。

我依稀記得，夏有意無意晃到我面前，一開口就連唱好幾遍〈Jingle Bells〉，弄得家中滿屋都是叮叮噹叮叮噹的「真夠背」。夏一連哼哼唱唱好多天，完全不厭煩，開心等待聖誕節。他也以歌聲轟炸我，充分表達了希望聖誕老公公準時來送禮的堅定意志。

這一年的聖誕節，是夏誕生之後，我能回溯時光最早、記憶也最為深刻的一次。因為……聖誕夜那晚，聖誕老公公終於「沒有現身顯靈卻造訪了」我家陽臺，而且留下來自北極的禮物。也是那一年開始，夏篤定堅信，聖誕老公公確實存在。此後一連多年，他不厭煩地自製手工信件要寄給祂。

在説明聖誕老公公如何小心翼翼，生怕被發現預藏的大盒禮物，又機警掌握全家輪流洗澡的時間縫隙，多次冷汗直流，翻牆越窗，才造訪我家，並且不被夏發現，又留下指定玩具型號禮物的事蹟之前，需要先説説內褲改編版的目的與意義。

我先自首，自己一直沒能理解內褲改編版的真諦，心底存有質疑——為什麼聖誕老公公要穿著內褲亂跑？還跑到我家來偷看夏洗澡？

小孩的世界，向來如此複雜？

現在，我省思這個問題，也試著重新複寫那幾天的記憶，才隱約發現，這或許是夏的性啟蒙時刻。

改編的歌詞裡，明確出現了：內褲、偷看洗澡。當然，還有雞雞。

關於性，我與夏，也是一直說上幾句話，一路彼此溝通。比如，他曾提問：

為什麼爸比就雞雞、媽咪沒有？

為什麼媽咪有ㄋㄟㄋㄟ？

那些毛，我以後也會有？

當然，還有許多關於性器與性徵的一百個為什麼。夏若提問，我就回答。

在夏意識到「自己是男孩」開始，有機會我就主動和他提及：

「生殖器官和屁股、手腳眼睛鼻子與皮膚，都是身體的一部分……

「你要熟悉它們，理解它們……

「一個人的時候，好好觀察自己的身體，也是很重要的事……」

我留意到，這時期的夏，開始意識到誰喜歡他，誰總愛抱抱他，他自己又不敢牽哪個女孩的手。發現這些關於兩性之間的性別異同，也就是說他已經懂得害羞。當時，我常常掛在嘴邊的簡易說法是——男生本來就可以留長頭髮，女生也可以愛女生。

我這奇怪的描述，十分粗糙簡化，也十分笨拙，但對於整個小學都留著及肩長髮的夏，他似乎立即可以理解。

留長頭髮的夏，有一段時間，也遇上了同學笑鬧他，要他去使用女生廁所的困擾。我推測，這件事，應該會留存在夏的成長記憶。我觀察他討論這件事的反應，有憤怒，有不理解，更多時候是疑惑。

「為什麼，男生留了長頭髮，就要去上女生廁所？」夏曾向我提問。

我們討論了這個疑惑時，觸及到他的委屈，他的眼角泛有淚水。約莫是這個時點，我和他說了兩性的差異，以及他一知半解的男女平等。

隨後，我也向他提出：「如果你想把頭髮剪短，我們就剪短。把頭髮剪短，是你自己決定剪短，而不是其他小朋友對你說了什麼，你才剪短。你可以思考一下，再跟我說你的決定。」

不久後，夏清楚回覆我，他打算繼續留長髮。他有可能是賭氣，也有可能是觸及到——性別得由自己摸索與判斷。不論何者，我都覺得很好。他自己做出了決定，一直到小學畢業，他都持續留長髮。

許多年偷偷溜走之後，遲鈍的我才意識到——頭髮，也可以是理解性別意識的人體組織。

我和夏，就在一起洗澡的時候，在開車前往小學的途中，在他突然有了疑惑的臥房裡，討論著他的長髮和身體性徵的變化，以及男孩女孩兩性的心理轉變。在更久之後，有一次，我們一起洗澡，光溜溜的他，發現了私處體毛變粗變黑了。他有些困惑，也有些小驚訝。

我笑說：「糟糕，你的聲音要開始變成鴨子了。」

關於性，我沒有特別等待夏向我提問，我經常會主動和他討論，就像平常開家庭討論會那樣，我們一起討論著男孩變身少年的性啟蒙問題，包含了勃起與夢遺。

隨著第二性徵開始，我更主動找機會詢問夏：

知道保險套的使用方法？

女生說不，就是不，這一點可以理解嗎？

如果兩人喜愛彼此，不管對象是同性還是異性，擁抱、撫摸、親吻這些舉動，都會是舒服的，也是健康的……

為什麼主動和夏討論關於性的問題？

我反思過這個問題。學校的性教育，應該都有完成知識的初步告知，我是擔心自己沒有做好父親給兒子的家庭性教育？不。更多時候，不是關於性的為什麼，而是面對發問本身的思索。

以前常聽說，發問為什麼，是小孩的天性。我倒覺得，不再主動發問為什麼，是成年人的退化——長大之後，失去發問能力的我們，也遺忘了如何面對為什麼。

重點一直都不是生殖器官的性徵變化，也不是外貌帶來的性別既定印象與成見。當然，更不是穿內褲亂跑的聖誕老公公，是否公然猥褻，而是關於發問為什麼的思索鏈。

為什麼，應該是成年人的自我詰問——

為什麼不是聖誕老婆婆？

為什麼不是穿著三點式泳裝，也能到處亂跑？

為什麼越來越羞於發問為什麼的父親，還要跟兒子討論這麼多為什麼？

最後一個為什麼，我推測的答案很單純，因為在有限的時間裡，長大之後的父親，都沒有盡可能和孩子，好好聊聊。

我也是一個漸漸羞於發問為什麼的新手父親，更是經常沒能和夏，好好說上幾句話。若還能做點什麼，就是盡可能，坐下來，好好跟兒子說說話，那麼每天都可以是聖誕節。

雖不知各位閱讀的此時此刻，是否靠近聖誕夜，請容我為各位獻唱：

雪花隨風飄／麋鹿在尿尿／聖誕老婆婆／穿上泳裝亂跑／跑到我書房／偷看我寫稿／文章就被偷改了／重點沒寫到／叮叮噹叮叮噹鈴聲多響亮……

聖誕老公公住在玩具反斗城旁邊？

夏：不管是我自己買的禮物，還是聖誕老公公送的禮物，為什麼都是玩具反斗城的玩具？

我：因為聖誕老公公住在反斗城附近，比較方便。

夏：是嗎？

我：是的。

夏：爸比，你小時候有收到聖誕老公公送的禮物？

我：有，不過沒有你的那麼好。

夏：那是什麼禮物？

我：都是一些柑仔店的玩具。

夏：喔，原來你小時候，聖誕老公公住在柑仔店旁邊……

——二〇一二．十二．二十八

這件日常小事，是關於聖誕鈴聲內褲改編版的續篇。

友人讀完上一篇文章之後，第一時間追問我，二〇一二年，聖誕老公公是如何把夏的禮物，送達我們家陽臺？為了呼應成年人真誠問問題的疑惑，我試著把記憶的脈絡表述清楚。

夏收到聖誕禮物之後，開心了好幾天。其後不久的一個早晨，我送夏前往設立於社區的幼稚園。前一晚熬夜工作，我一早醒來睡眼惺忪，眼皮沉重。在十來分鐘步行的路程上，精神奕奕的夏，突然提出「為何禮物都來自玩具反斗城」的疑問。

我沒睡飽，馬路一直有些飄搖，兒時聖誕節禮物玩具來自柑仔店的隨便回答，又給自己挖了一個洞。每個父親都有類似的經驗，被孩子意外的機靈，驚嚇出一背冷汗，也啞口無言。至少夏這回的推論，讓我不敢再隨意回覆對話。但要如何接續回答？試著解釋聖誕老公公服務那麼多年之後，終於獲得玩具反斗城的長年贊助了？還是說，那家柑仔店長年被不良客人賒帳，經營艱難，只能贊助聖誕老公公西瓜充氣球？

「原來爸比小時候的聖誕老公公，住在柑仔店旁邊」——當時，幼稚園大班的夏，真心如此認定。

這一棒敲醒了在昏睡行走中還胡謅的我。

清醒之後，我質問自己：聖誕老公公，果然是個象徵的問題？

事關夏對一件事的「相信與否」，我不敢等閒以對。靜下來反思，迄今，長大成為一個父親的我，還能留住的過往經驗，或說是認同的價值，都是因為相信而建構起來的。

夏不論幾歲，也會透過相信與否，一步步建構屬於他的近未來世界。

夏相信聖誕老公公，與宗教信仰無關，與禮物也僅是間接的因果關連。但拉長時間之後，聖誕老公公的存在，應該如同一道未知而美好的訊息，同時也具有相信等待的意義。

現代的每個小孩都曾經相信，只要相信聖誕老公公存在，就有機會發生好事。這個未知感，因為美好，而被孩童期待。我也相信，除了相信，懷疑也能建構經驗。只不過，依現今外部世界為營造聖誕節所訴說的故事訊息，很難透過懷疑聖誕老公公是否存在，誕生逆反認知的孩童集體經驗。

我曾經小心謹慎與夏深度對話——如果聖誕老公公「從今年開始不會再來我們家送禮物」的這件事。

一個父親與一個兒子，可以如何一起透過懷疑，辯證聖誕老公公存在與否，以及祂的象徵意義？

那天的對話當下，我不敢立即說破，長大之後的自己，已經不相信聖誕老公公真有其人。夏小學中低年級那幾年，我更是不敢說破，那些禮物其實是……如此說出口，肯定把一個兒子惹怒弄哭。那麼下一個倒楣的，必然是第一次任職父親的我。只不過，發現即將到來的事實，是無法避免的成長。有一天，夏終究會突然發現，聖誕老公公有可能，真的不存在……？

為了進一步理解這個疑惑，我上網查詢，發現了一則報導。《天下雜誌》在二〇一七年曾經有一則編譯報導消息。我簡化轉寫如下：

考古學家宣布，在地中海附近、土耳其南方安塔利亞地區的戴姆雷城（Demre／古希臘時期城市地名為：米拉城）。有一座以聖誕老公公為名的聖尼古拉（St. Nicholas）教堂。他們在教堂的馬賽克石地板下，「發現」了聖誕老公公的墳墓。

考古學家也提出另一個驗證：一〇八七年時，基督徒商人挖出聖尼古拉的遺骸、走私到義大利城市巴利（Bari）的認知有誤，被挖走的並不是聖誕老公公，而是當地的另外一名神父。這群考古學家相信，源自古代聖徒「米拉城的聖尼古拉」形象的聖誕老公公遺骸，依舊完好無缺保存在土耳其的教堂。

不論基因鑑定的結果如何，這項考古學家的消息，肯定會經歷多次「重新發現」的激烈辯論。

之於我，最糾結的是報導的標文：

——學者：聖誕老人真的存在，不過他死在土耳其了。

我一直沒有把這則網路消息轉傳給夏。

我該如何與夏討論這個標文與內容的訊息？——對了，兒子，那個曾經到我們家陽臺送禮物的聖誕老公公，真的存在。但是，在西元三四三年的時候，他在土耳其過世了——這段描述真的尋找不到自身的出口。

至此，「相信」因此瓦解了？

我不敢小看孩童在成長時期強壯的信念。

記憶深刻，夏小學高年級時期，我曾這樣調侃他：「你長這麼大了，應該不用再請聖誕老公公送禮物了吧？祂年紀也大了，從北極過來臺灣，一家家送禮物給小孩，真的是很辛苦的工作……」

稍稍長大幾歲的夏，一如幼時往年，依舊埋頭撰寫準備寄到北極的信，嚴肅且俐落下達指示說：「爸比，聖誕老公公真的老了，所以你要好好幫助祂，幫祂準備好禮物，讓祂不要太辛苦……」

即便我在夏十歲那年，把《天下雜誌》的這則國際編譯報導交給他閱讀；即便他曾經推敲，聖誕老公可能是玩具反斗城的工讀生、或者是熱愛變裝的柑仔店老闆；即便聖誕老公公其實都是爸爸媽媽假扮的……不管聖誕老公公真實存在與否，夏還是會找出一條新的相信之路。

至於，夏什麼時候發現聖誕老公可能不真實存在？

這個時點，我也還在尋找，透過時間差鑑定，若找到了，再跟各位說。

藉由這次解說，各位新手父親都能理解，那一年，聖誕老公公是如何駕駛著小車，人前人後閃躲，然後從陽臺另一頭，爬進沒有煙囪的住所，先把禮物擺放成急忙離開的不小心散落一地狀，再進入浴室洗澡，並佯裝這一切，都與我這個不稱職的父親無關。

靠猜拳就贏得人生？

夏：爸比，我選中弟子規股長。

我：喔，股長（我同時鼓掌），感覺很棒。怎麼選中的？你很會背誦弟子規？

夏：不是，老師說，想當股長的人，出來猜拳。我猜拳贏的。

我：那有很難嗎？

夏：很難……我連贏三次才選中。那你是怎樣選中總編輯的？

我：什麼叫選中總編輯？我在編輯部苦幹實幹十多年，才當上總編輯的。

夏：那有很難嗎？

——二〇一三・三・三十一

這段對話的現場，後來是有些火藥味的。抖露更多當時的對話，我可能站不住腳，只能減少描述。

每個父親跳腳的姿態都不同，每個兒子調侃的眼角也都不一樣。不同的父子，一個屋簷下，怎麼可能不點燃日常火氣。不過在那當下，若不故意板著撲克老K臉，我無法面對過去在雜誌社一起出生入死的編輯同袍。

這場兒子輕蔑父親的事件經過，一如往常，是這樣開始與發生的。

那日午後，我與夏慢速騎了兩小時的單車，隨後繞道去了泰順街大樹下的那家無名甜品攤。初春天氣還有些微涼，我們吃溫熱的花生豆花湯，補充熱量。夏專注吃甜湯，沒有多話。溫熱湯喝了幾口之後，他突然開口，興致勃勃，神情也淡淡驕傲，說了自己選中弟子規股長的事。只不過，每當夏流露驕傲，我都會滿懷壞心地潑他一些冷水，讓他降降溫。

嚴以律己，嚴以待人——這是我的壞習慣。一時半會，我無從改變，也不想為誰改變。

我於是開始嘀嘀咕咕：弟子規股長那是什麼……好奇怪的職稱……真沒想到，竟然還是猜拳贏來的。得知緣由，我喝著花生湯，滿懷欣喜，準備好要調侃這個夏天之後就要年滿六歲的傢伙。當然，隨後迎來的唇槍舌戰，也是一如往常，我很快就敗陣下來。

我肚子裡的火氣，又把花生湯重新加熱沸騰了一遍。但我真的很冷靜，也鎮定下來，為夏解釋雜誌編輯臺的工作流程，苦幹實幹，究竟是怎麼做的。

我估計是說了以下的老套話：雜誌編輯臺的工作，經常需要長時間開會、擬定企劃、寫稿看稿、查探訪問與攝影現場、校稿校樣、去印刷廠對色看印，哪件事不是勞心也勞力。除了擔憂每月雜誌銷售量，截稿之後，幫喝某某編輯同袍的失戀酒，還得陪廣告業務去外頭的現實江湖飄，不時挨上幾把刀。

此外，更困難的是試著解釋，夏可能無感的時間感覺。

十八年來，一路從助理編輯堅持到被賦予總編輯，確實是不算短的時間。但對兒子夏來說，父親我的解釋，經常是把黑湯圓白湯圓搓成灰湯圓的狡辯過程。接下來的發展，擔任父親的各位可能都曾經遭遇——調侃兒子的那句話，兒子反過來，加倍奉還給父親。

苦幹實幹，那有很難嗎？

當夏把我對他說的話，回嘴調侃我，那些久違的青筋，都來拜訪了額頭。

按照父子論戰的歷史往例，我的說話術，逞了一時之快，隨之而來的便是多年的反省。父親，這一職也是江湖路，出來飄幾年，哪能不挨刀。現在持續反省中，也只是剛好。約莫是把日子過到了這幾年，才逐漸理解，「猜拳」確實是一門技術。剪刀石頭布，這個技藝，是相當不容易的專業活，有數學機率問題，也得洞察心理學，一不小心，真可能影響人生下一步。

在狗屁倒灶的人生路，有某幾個關卡，有某幾道門檻，如果可以重新再走一次，我還真想使用猜拳來決定，或者，以剪刀石頭布分個勝負。

我試著反思「弟子規股長選拔事件」——在國民小學的小型社會裡，投票選舉，可能是比較不公平的方法。為何？這一年剛上小學一年級的夏，曾經與我有過討論：「有些同學就是人緣好，比較受歡迎，用投票方式選股長，受歡迎的一定會中。」

（所以，你人緣不好？）

怕挨刀的我，這句話沒敢說出口。

我慢思雜想，猜拳，或許也是一種施展個人能力的孩童生存技術。一如電焊、數鈔票、說故事、寫語言程式，都含有高度技術，也必須反覆鍛鍊，才能在猜拳比賽中，贏得弟子規股長頭銜。此外，一個人與另一個人面對面說話的這件事，也是需要反覆思索與練習的技術。

我是在文學領域的「對話」發現了這件事。比如，美國文學雜誌《巴黎評論》的作家訪談、日本街拍攝影師森山大道與青年學生在講座裡談論攝影的《晝的學校 夜的學校》等等。這些面對面談話，與柯慈和保羅．奧斯特、川端康成和三島由紀夫，兩兩之間，以書信往返的文字對話，有些不同。單是閱讀書籍中的文字，也能察覺這是兩種有差異的交流。之於我，這些對話，特別是兩人相視著說出的聲音，是語言藉著唇舌、臉部表情、肢體運作而輸出的細緻表述，有時就像閃念之後忽地揮出的剪刀石頭布。我一直覺得，面對孩童，也是不斷猜拳的過程。我與夏的對話，也是各自思緒延伸到掌心、兩指尖與拳頭的意志。

如此反思，我無法全然反駁夏。猜拳，真的也是靠實力。

胡亂雜想到這，各位一定隱約發現，在這樣的話術思維裡，有矛盾，也有陷阱，像極了人生。

靠猜拳就贏得人生？兒子啊，不如多喝兩碗花生豆花湯。這點錢，做父親的我還有。

我另外也反省：人緣好，為什麼不也是一種實力的展現？

這句話，那天在泰順街大樹下的甜品路邊攤，我應該加倍奉還給他才對。這兩天，我會找時間跟現在的夏，再好好聊一聊。

各位可能好奇，那天被夏調侃之後，我最後有什麼反應？需要先承認，這不是夏第一次反將我一軍。但我是個有理性的父親，當下只是請老闆將熱的湯品換成冰的。在溫熱花生豆花湯的現場，我主動退一步，選擇息事寧人。我對夏報上老家的地下組織背景後，冷靜撂下一句：「叫你們想當總編輯的同學，出來跟我猜拳。」

被兒子洗臉的經驗

夏：爸比，你為什麼吃飯還一直看手機？

我：對不起，我在臉書上貼了跟今天工作有關的照片。以前沒有這樣做過……想觀察一下。可以嗎？

夏：（點頭）那有很多人按讚？

我：好像滿多的。

夏：有比我的照片多？

我：（查看了一下）沒有耶。

夏：那你貼我的照片就好啦！你趕快專心吃飯。

——二〇一三・十二・四

那時我還有上下班的工作，在男性生活雜誌的編輯崗位，持續扮演好角色。

那天的晚餐，只有夏和我兩人。過往的記憶中，編輯臺工作經常越過正常晚餐時間，我和小學低年級的夏，單獨晚餐的經驗並不多。那晚，妻不在家，夏全部的關注都在我身上。父親的心思一飄開，兒子立即就發現。

我相信，有一段漫長的時光，在夏的凝視之中，我與妻可能等於全世界。

一開始，我並不太理解——「父母是孩子的全世界」這種類似口號描述的實質意義。在紛雜忙亂的雜誌媒體工作時期，我是一位容易缺席的父親。直到決定卸下上班族的職場身分，我陪伴夏的時間才開始變長。隨著一起上下學、一起做功課吃晚餐的時間變長，我才意識到，在夏的學齡前家庭生活，我曾經是真真實實的缺席者。

原本以為這曾經的缺席，只是短暫的不在。但這已然過去的短暫，卻是完全無法重來的時光。

或許是這份遺憾，我才觸碰到孩童眼中只有父母這極簡而真的含義。

夏的行為模式，一開始是我與妻的各別複製。他自己慢慢結合之後，再發展出屬於他的思維行動。隨著幼稚園、小學的外部教育環境改變，又再重組，也變異了他的應對模式。在不斷往返家庭生活與外部團體生活之間，夏建立出自己的孩童行為模式。

如此描述，是不能忽略了「學校」環境帶給夏的影響。

記憶中，夏依賴「老師說」的時間不長，他比較快就進入「有事請（與我）討論」的階段。從夏進入小學開始，若他在學校發現不確定的事，我便請他試著直接尋找校方老師溝通。我和夏談話所得的共識是：在學校發生的問題，先放在學校教育的範疇，特別是與同學共處的同儕生活，以及「老師說」的規則，可以交給學校的成年老師們。

我作為父親，只是一個父親，也想專心去擔任父親，希望專心於家庭生活與父子溝通之後，自己能不只是一個父親。

我與夏曾多次聊到一件事——我不會把「對話」這件生活教育，完全交給學校。

我考量純粹也單純，因為與夏說話的對象不同。我的父親身分與老師的學習知識傳遞者身分，應該有所差異。這差異能給夏不一樣的對話情境。在學校，夏專心與其他人溝通；我則在學校以外其他場域，專心與夏說話。我與老師們若能各別做好自身領域的溝通，對夏而言，就是龐大的人生學習分量。

現代學校教育會邀請父母盡力參與孩童的學校教育。這是一個明朗的趨勢。我反想這件事時，會出現一個省思點——這個「家長參與教育」趨勢的想像，是不是導因於忙碌的父母無法參與孩子的學校教育？這個提問，我也用以反省自己曾經的缺席。

當然，我需要先坦白以對，一旦加入家庭薪資經濟力的變數，這便成為一個恆定的難解之題。關於此，我也無解。

為了進一步理解，我閱讀了教育部推出的「家長參與教育行動指南」。

這份資料，是教育學者專家們長時間累積下來的思索。從「少子化」的社會體質變動出發，依據《教育基本法》法規起步，爾後也擬定「家長參與教育行動地圖」的圖解脈絡。這份行動指南更多時候是提供了——家長與學校教育系統的溝通橋樑。我稍稍消化之後，喜憂各半。之於學校教育，我私人且私心的期待，與「家長參與教育」有些不盡同調的逆反。

小學五年級時，夏在學校出現了一次比較嚴重的溝通困境。那也是唯一一次我與校方比較深入的對話，但卻不是實質意義的家長參與教育。

現在回想，確實有些小複雜，也多有不同立場，事件過程我就先略過。

如此在學校的溝通困境，是夏的問題？或老師有狀況？還是學校立場與教育制度環節，存在根本的無解？這些提問，迄今，我無法給自己一個理想的答覆。

我記得，在那一次師生溝通事件發生之後，夏每天回到家，我都與他一起進行不同面向的討論。那幾週裡，我可以感受到他強烈的不安憂傷與焦慮恐懼。我無法忘記，那時夏向我提出的一個問題：「為什麼，學校不能讓我快快樂樂地去上課？」

這提問，純粹，如一直拳，直接將我擊倒。

一個父親，如我，無法為夏解答。這是不是我忽略「家長參與教育」所導致？或者，家長參與教育原本就是家長無法參與學校教育而誕生的悖論？

關於「快快樂樂去上課」的質問，迄今依舊，我也無法給夏一個理想的答覆。不過，我發現了這個提問背後，有幾個較為正向的思索之鏈：

一、夏喜歡去學校上課與學習。

二、夏喜歡現在的同學與足球隊的夥伴。

三、在過去有壓力的狀態下，夏找到了屬於他自己「過去的處理方式」。

四、一個十歲的孩童，如夏，需要何種程度、何種類型的壓力學習。（這一句的結尾，不是問號，而是句號。）

最後，我給自己落了一個需要在未來反覆思索的難題：是什麼原因，讓喜愛上學的夏，無法開心在校學習？

這是我在家中可以和夏一起也一直討論的事。

過去這些年來，我也持續與夏進行單一個體的家庭溝通。我盡力專注與夏進行溝通時，總是在問自己——我可以與夏分享哪些「學校知識系統以外」的事物？我總期待那會是較為抽象的事物。我也同時反思，這些與他分享的抽象內涵，是否在未來對他具有意義？我相信會有意義，也打算以此持續與夏對話。

較長時間觀察後，我逐漸意識到，學校與家庭，這兩種溝通單位，應該是獨立且能融合。就夏而言，他需要擔任我與學校的橋樑。學校議題，變成了我們家庭溝通的主要內容之一。也因為需要時時刻刻與成人說話，進行成人式的溝通，有一部分的孩童夏，應該經常把自己視為成人。

夏也是在「聊聊」的日常經驗裡，經常直接要求我，修正我自己可能偏差的行為。一如，他糾正我在重要的晚餐時刻，使用手機。他希望我不要太關注臉書，要好好跟他吃頓飯。我也留意到，年齡小一些的夏，會大膽直率提出。長大一些的夏，便開始學習以黑色幽默的口吻規勸我。不論何者，兒子能如此對父親訴說他的想法，這樣很好。

試著專職寫作之後的我，也專職陪伴夏。其後，我經常提醒夏，減少停留在社群平臺的時間，反倒是職場時期的自己，會觸犯給兒子的建議與戒律。關於此，我估計是一個稱職的負面教材，也不失為一個提供反向思考的新手父親。

陪伴的時間多了，磨合也累積，不論是兒子規勸父親，還是兒子洗臉父親，都是常態。

我曾詢問夏，是否要開一個自己的臉書，或者 IG？

他短秒便回覆，臉書留給我這時代的人就好，IG 他覺得有些無聊。

有一小段時間，他曾進一步嘗試理解 YouTuber，但現在回看，應該只是他大寫的好奇心。

這一路對話走來，我也牢牢記，夏在一次晚餐時跟我表露的話語：「我還在想，我未來要做什麼。」

還在想，還在思考，這樣挺好的。那就慢慢想，孩童終究會長大，未來終究會走到孩童面前，所以不用急於長大。

我也是退伍之後，很晚很晚的晚熟期，才找到自己願意長時間持續去做的一份志業：寫與讀。夏以稍微緩慢的節奏思索著，這樣的獨立思考，已經比我期待的早熟。所以他用臉書按讚數來洗洗我的臉，只是剛好而已。

如何喝西北風過日子

夏：爸比，因為圈圈叉叉，我有點不想去上學。

我：為什麼圈圈叉叉會給你這種感覺？

夏：這樣……感覺上學很久，會有點累。

我：你覺得，怎麼樣算是「感覺上學很久」？

夏：從星期一到星期四，就感覺很久了。

我：這樣……如果我因為圈圈叉叉，覺得工作很久很累，不想上班，我也不要去上班，這樣好嗎？

夏：（有點驚訝）可以這樣？

我：可是我不上班，沒有錢，你就不能買新的變速腳踏車，不能去打網球，也不能去泡溫泉，而且只能喝西北風喔。

夏：（低頭沉思一會）喝西北風，是什麼意思？

我將汽車慢慢停靠路肩，然後把車窗降下來。

我：你現在把嘴巴張開，就可以喝到西北風。

夏偷笑了一下，但馬上又恢復皺眉頭的憂鬱神情，想了許久才開口。

夏：只有早餐嗎？

我：（OS. 圈圈叉叉……）不是只有早餐。中餐、晚餐，三餐和消夜都是。

——二〇一三．十二．十二

在開始為各位訴說這個事件之前，我先解釋「圈圈叉叉」。

夏在小學低年級時期，不時會碰到小小不順利的校園人事問題。比如，他當時留了一頭長髮，被戲稱是女生，被譏笑應該使用女生廁所。他有些無奈。小一剛開始接觸學校課後足球社團，教練有點兇，他害怕得不敢上課。他有些恐懼。他和班上同學相處時間不算短，但他個性十分慢熟，情感也屬於慢熱，依舊得花上很長一段時間，學習如何認識同學，以及適應小學的同儕團體生活。他有些羞赧。以上種種，是那段時期，我與夏說話聊天時，得知的學校生活點滴。

這些事，夏後來轉化出微怒、憂慮、不知所措種種情緒。這些小小情緒困擾的總和，我統稱為圈圈叉叉。

對話那天早上，我開車去雜誌社上班，也順便接送夏去上學。剛出門，他還沒上車，一臉心酸，跟我說，感覺上學很久了，有點疲累。

我嘀嘀咕咕，這麼快？小學低年級，就要開始討論上學的彈性疲乏了？

夏就讀於新店北宜路上的雙峰國民小學。雖是新北市市立的國小，但學校靠近郊區山林，加上諸多社團的特色教學，讓這間小學成為，體制內沒有圍牆的學校。那麼多好玩的課後選修活動，那麼多有趣可愛的同齡同學，去上學，應該很好玩。

我曾篤定認為，所有小孩，都會愛上這所市立的山林小學。

不過，這個「篤定認為」，讓我好好反省了。

我先反問自己，在雜誌社的職位與薪水都不錯，同事們各個都是提姆·波頓《怪奇孤兒院》電影裡的瘋狂怪才角色，董事長社長營運長也都具有外星人特質，加上雜誌媒體工作有機會接觸到的社會百態，真的宛如浮華繁花。有誰會不想去這樣的環境上班工作？

宛如，美好。我也篤定認為，在人生江湖持續跑跳的父親們，一定都理解——江湖風浪高，圈圈叉叉似鋼刀。說不定，一群小毛頭群聚的國民小學，那裡的江湖也險惡，任誰都想蹺個課。

我反思的重點是：小毛頭們跟成年人一樣，也懂彈性疲乏？

一路順寫，直接將夏不想上學的念頭，描述為「彈性疲乏」，有些粗魯，也可能過於簡化了他的情緒。我上網查詢《教育部重編國語辭典修訂本》。彈性疲乏，有兩種解釋：

A. 物體受外力作用，當外力除去之後，不能回復原狀的現象。

B. 比喻疲勞過度。

第一時間，幾乎沒有懸念。我確認當時面對雜誌編輯的狀態，是逐漸靠近疲勞過度。隨後，我又落入困頓——發生諸多圈圈叉叉之後，夏「感覺上學很久了」的無奈與憂愁，是A還是B？

面對夏「狀似成年人」的情緒，我總是沒有把握判斷精準。物理性的「不能回復原狀」與心理性的「疲勞過度」，之於剛開始捏塑自己思維輪廓的夏，都有可解讀的面向。

我不假設，試著用肯定之語，重新描述夏的彈性疲乏：

A. 小學低年級的他，受到圈圈叉叉的作用，除去這些問題，真的就不能回復原狀。

B. 之於夏，上學這件事，終於疲勞過度。

這兩個試圖解釋，扎實敲響了警惕父親的我鐘。無關年齡，任何人在任何年齡場域，遇上圈圈叉叉之後，彈性疲乏，就會緩緩發生。

國小學校，也是一處江湖。

這事這境，讓我想起自己的一位朋友，大衛。他是早年在時尚雜誌社時期的工作夥伴。他和我一樣，也是新手父親，育有一子一女。大衛的兒子與夏年齡相近，因為個性上的特殊質地，以及小學裡複雜的同儕互動狀態，讓大衛與妻兩人經常憂慮這個兒子在學校的適應問題。我曾思索，大衛的兒子與夏是否遭遇了相類似的圈圈叉叉，面對著父親們無法理解的彈性疲乏？當小學低年級的孩童，感覺上學很久了，究竟是A導致、還是因為B？這過早降臨的「孩童疲累」，真心希望教育學者與兒童心理學家能夠為我解讀。

不單是孩童，神也愛彈性疲乏。古希臘神話裡統領一切的天神宙斯，擔任眾神之王一職，也會彈性疲乏。祂的圈圈叉叉，比凡人更為嚴重。當宙斯疲累於當神，從奧林帕斯山蹺班也蹺家，省略玩交友軟體的過程，直接就是當爸爸。

祂讓父親這個身分，在有心無心之間連線了原罪。

如果是我，面對夏的A或B，如何處理才適切？這又多了一道值得父親反思的難解題。

小學低年級，夏可能已經開始高速運轉成長馬達。他一定遠比馬達機組老舊的我，更快體感到由新鮮事物反撲的彈性疲乏。是我忽略了這件事。夏只是不懂精準描述自己的彈簧為何鬆了，又該如何找方法重新上緊發條。我也是的。不知彈簧為何鬆了，也無力上緊發條。

繼續往下討論，應該會觸及到「父親的我是誰」——這主題嚴肅，也令我尷尬。

就此打住，先回看這次的主題：辯論如何喝西北風過日子？

這答案其實清晰明朗：人沒有辦法喝西北風過日子。

話題，結束。

不過，稍稍回想那天。我行駛在蜿蜒的北宜公路上，詢問夏：「那你要爸比去上班嗎？」

夏滿臉疲累，但依舊點了頭。我也只好開開心心去雜誌社上班了。

一句話，兩個宇宙

夏：爸比，我要去買鞋子。

我：啊？出門？

夏：對，現在就去。

我：這麼急……你上學有那麼積極就好。

夏：雞擠是什麼？

我：積極，就是想要一直一直去做一件事。

夏：原來雞擠是這個意思。

我：你本來想積極是什麼？

夏：就很多雞擠在一起！那我上學也很雞擠。我星期一到星期五，都一直一直去上學。

——二〇一三・十二・十四

那天的冬日入夜之後，冬雨也停了。夏的白色球鞋壞了。鞋底開口大笑。不明原因，他硬是要我帶他去買新球鞋。

主動積極要求出門去做一件事——這對夏來說，是十分罕見的。

自幼年開始，夏似乎就是典型的現代宅男——被動、慢熟、不愛出門、沒事不主動與人説話，也比較喜歡懶懶地窩居在家，度過他的孩童小日子。迄今，他依舊十分享受這種巨蟹座的宿命性格。當他主動要求出門去買鞋，我不考慮立即答應。

那些年，我們固定在臺灣大學旁的鞋街，尋找他的兒童鞋。為了穿脫方便，夏只考慮有魔鬼氈的球鞋，而且多半是白色。選擇少了，反倒精準。買鞋行程中，我們從Y牌、P牌、A牌，一路選看到兩個N牌。夏表現得十分積極，估計是對「球鞋是他個人專屬的所有物」，確定了認知感。

以上買鞋，不是這次聊聊的重點。接下來，讓我們來認識，雞擠。

那晚，夏積極且快速挑選N牌的魔鬼氈白布鞋之後，立即又轉回宅男風格，一結完帳便嚷嚷，要立即回家，不想多待在外頭。我理性拐騙，他才勉強和我一起吃了巷子裡「土虱大王」的當歸土虱魚，以及有點懷念的炒米粉。那可能是夏第一次發現當歸土虱魚湯這種食物。

夏鮮少挑食，但對黑色的湯與黑色的魚皮，十分好奇也有淡淡恐懼。他最後晾曬膽子，難得積極也吃了一碗。

這頓外食時刻，我也一直好奇，「積極」這個詞彙，在他小小的腦袋裡，究竟形成了什麼樣的畫面？

完食返家，我主動詢問夏，「積極」在他腦中的畫面為何？

我得到答覆就是：「很多雞，擠在一起。」

休士頓，我們這裡確實出問題了。

那一刻，我很快掉入沮喪。我反思，過去究竟有多少對話，我和夏可能不在同一個溝通平臺。

當我一臉愁容、真誠向他描述說：「此時此刻，爸比其實有點寂寞。」

實際年齡六歲半的夏，腦海裡會不會浮現一個巨大的問號：為何爸比有點雞摸？或者，夏深沉思考後，我的寂寞可能變成他的機模。夏便困惑著，一個父親當下的愁容，竟然是與飛機模型有關。

積極說上幾句話的父親，一不小心經常就是一地雞毛。

可能是我想太多。我原本也這麼說服自己，是自己多慮。但從夏都覺得好笑的認真回覆裡，我開始有些警惕。未來舉凡想認真溝通一件事時，應該要謹慎思考使用的詞彙，也要詢問他是否理解「寂寞」一詞。我的寂寞，與任何一種有生命的雞都無關，也與夏的飛機模型無關。不論是哪一種雞或機，兒子都無須伸手去摸。一個父親的寂寞，是無法觸摸的。

和孩童對話時，說出來的聲音，與那聲音被寫成的文字，在一個未滿七歲孩童的腦海裡，可能是完全不同的理解。然而我卻經常理所當然認為，積極一詞，只有不說人話的雞不懂，凡是人都懂積極。

夏，一定懂得積極——這理解上的誤差，值得在當下修正，也值得在未來持續修正。以上，可以列為重點。另一個重點是：能否「想要一直一直去做」某件事？

這提問，是我給自己的一門父親課。

我想和夏一起去買鞋，一起下廚，一起在路邊攤吃頓記憶，一起去追垃圾車，一起在週末傍晚的河堤上慢跑，一起閱讀《週刊編集》或到西門町看一部漫威電影。接著，將這些想要一一落實，一直一直去做。說真的，持續進行這些日常生活的小事，也是不容易的積極。

我終究無法強迫夏，去做他不打算積極去做的事。我想要的，也得他有意願。

如何讓夏也想要，並一直一直（一起）去做？

這真是艱難。我唯一能積極去做的，就是找尋理想時間，和夏聊天說說話，不斷細緻校對與修正彼此的表達與表述，縮短兩人溝通時使用的詞彙差異。我私心想像，不單是微妙、怪異、難解的父子之間，人與人之間的連結，或許都值得在安靜的日常，積極說上幾句話。

偶爾寂寞的父親，想要多理解兒子這種另一星球的生命體，還真的不能讓很多雞擠在一起。

所以，我才把〇〇搞砸的啊！

我：你昨天的學校考試怎麼樣？

夏：我英語考得不錯，只有錯四、五題而已。

我：這樣，好……（OS.所以一共是考了幾題？）

夏：（啃著便利商店的三角飯團）爸比，三角飯團沒有其他口味喔？

我：不好意思。沒有你常吃的鮭魚卵，京醬肉絲口味也沒有了。

夏：這樣，好……（咬一口飯團，立刻接話）不過，我的閩南語考得不好。

我：這樣喔，那有想過是什麼原因考不好？

夏：因為我是客家人。

我：可是……你的客家話也說得不好。

夏：就是因為這樣，所以，我才把閩南語考不好啊！

——二〇一四・六・十八

夏當時回答最後一句話，那種理直氣壯的模樣，有一瞬間讓我懷疑，是不是自己才是有問題的人，誤會了他特別把閩南語考差的這番用心。

對話這天，又是一個全家都睡過頭的早晨。我才得以趁機載夏去學校，而不是送他去社區的校車搭乘處，看著校車駛離，立正揮手，與他再見暫別。

從社區慢慢開車到雙峰國民小學，約莫二十分鐘左右的車程。這期間，我謹慎選用對話詞彙，和夏討論著前一天的考試。夏約莫是在這個年齡，意識到考試是一種同儕競賽、一種自我檢測、一種會產生壓力的學校制度。

夏參加學校足球社團之後，開始面對身體型態的壓力，也比較快速反應了運動競賽的減壓練習。但他一直沒有順利找到面對智力挑戰的獨處方法。

我反省過，我可能是導致這個結果的主腦。

在夏的小學期間，我只負責在成績單上簽名，不多問分數，也總是跟夏說，考試成績不是我最在意的事。我在意的是，今天不懂的事，明天要試著搞懂來。反覆說出這個立場，一次兩次，一年兩年，夏很自然就接受了，今天考試不懂的，沒關係，明天搞懂就好。分數不重要……

聊到這，應該有許多父親，無法認同這樣的說法。隨後幾年，我隱約確認了某些疏失。比如：

夏認為的搞懂，應該就是考試題目式的理解。

有段時間，夏真的認為，考試分數，真的一點都不重要。

最嚴重的是，我可能低估了「明天」一詞的可能性。

我的明天，等於未來的每一個明天。小學低年級的夏，理解的明天，真的就是今天之後的明天。這可能也意味，明天，若考試答題還是無法搞懂，拖延到了後天，那不如就……放下。

反省到這，背脊一涼。父親啊父親，天下古今多少罪惡，假汝之名以行。這極可能，又是一次父子溝通的嚴重誤差？

我只能把自己當作檢討「父親」的對象，以期在未來犯下更小的錯誤。

現在回想，小學時，夏選擇閩南語，實是一個關於搞懂認同的選擇。

簡化來說，夏認知自己是客家人，所以，選擇閩南語。這個「所以」，是建立在自我認同之後。

這其中存有的思考點是——母語學習，與出生地和血緣，是截然不同的事。

母語口說的學習，在城市裡，特別需要說出口的環境。每年寒暑假，我都讓夏返鄉，與我母親同住一段時間。一邊陪伴奶奶，也直接生活在客語的環境。但搞懂客語一事，我為夏準備的依舊不夠充足。原因單純，在臺北的住所裡，我沒有好好跟他以客語對話，導致夏目前只能聽懂六、七成客語，也只能簡單說單字或句子，無法以全客語進行母語對話。

這結果，是我的「壞成績」，和過去所有考不及格的人生科目一樣，我真的是寫錯不少答案。我無由推卸責任，或責怪環境。我是以客語為成長母語的客家人，但夏是以華語為母語的客家人。

記憶中，上小學之前，我不太會說華語。生長在客家伙房，不會有長輩和我說國語。客家小鎮的國語，就是客語。華語是上了幼稚園，隨著朗誦課本才發現，原來臺灣有人會說一種叫「國語」的語言。

沒能讓夏的客語說得比華語、閩南語更好，是我擔任新手父親的失職。我只讓他搞懂了，他也是客家人的身分認知。母語的聲音，卻沒能多留在他體內。這樣想想，我應該在電臺開一個節目，內容就是努力以全客語，與夏說說話。這肯定會鬧出許多笑話，但也不失為一個善意的虛擬環境。

不是說，今天沒搞懂的，明天要搞懂！

未來，在我的每一個明天，念頭忽然降臨時，我還是會和夏，說上幾句客語。如果明天也沒聽懂，那就後天。過了今天，總還有下一個明天。生活在客語隱形的大臺北地區，學習客語也是如此。那就以一生的時間，慢慢陪著夏，學習客語。如此一來，他可能會一直以客家人身分，學習著還沒搞懂的母語。

上述，當然十分鴕鳥心態。大家也能體會，總有難事，是一輩子的明天也搞不懂的。因此我總有一個單純的念頭：人生無法今天搞懂的事太多，有些得跨越，有些得放下。不過，擁有這個「明天繼續搞懂」的企圖，也算是一支人生釣竿。

我也是發現了這支釣竿，搞懂了一些小事，才做出選擇——盡力以單純與直接的方式，與夏溝通，好好聊聊。

有件重要事，忘了提。一邊吃著不知何味的三角飯糰、一邊對話的當下，我忘了和夏說件事——就是因為這樣，所以，才把○○搞砸的啊！——在一般日常時刻，我們不太運用這樣的「所以」來造句。這一點，請在未來的所有明天裡，慢慢搞懂。這樣就好。

那我專心玩一下

我：今天，你專心了嗎？

夏十分沮喪，頻頻搖頭。

我：為什麼？

夏：我不知道怎麼解釋……

我：做一件事，最重要的是什麼？

夏：專心。

我：不專心，練習幾個小時都是浪費時間。為什麼不能專心？

夏憂傷地低頭無語，接著，社區兒童遊樂場持續傳來孩童的玩樂嬉鬧……

——二〇一四．十．十二

這段有關專心與否的討論，距離回想與書寫的現在，已經又過去了七年。

那一天的氣溫舒適，十月的陽光把社區孩子秋天的臉，都烘得紅紅暖暖的。這日一早，我和夏前往居住社區的網球場，一起練習揮拍擊球。一個小時半的練習時光，我發現他一直分心無法專注。

我需要先描述，從夏小學低年級開始，接續之後的數年之間，我要求他思索與落實「專心」的這件事。這時期也是我與夏開始認真對話的初期。現在反思，我當時並不確知如何與「持續探索外部世界」的夏溝通；也無法確信，面對兒子夏，是否真的有某種適合彼此的教養方法。

一直到現在，我反覆回憶，也都沒有挖掘更明朗的父子說話路徑。我應該會是一直無法理解標準化教養的那類父親。也因如此，也就只能固執地偏頗地，選定幾個自己認為有意義的事，長時間並反覆，與夏在日常生活裡一起實踐。

專心，是我想實踐的其中一個意義。

在開始對話的初期，我和夏便時時口頭約定：練習網球專心，閱讀漫畫專心，看電影專心，上課專心，玩手機遊戲專心，與另一個人談話時，要專心看著對方與專心聆聽……做某件事的當下專心，也試圖以專心的姿態，投入當下的任何一件事。

像個父親，專心與兒子說話——這口號，確實過於平凡也無趣。

但我私心以為，面對這個萬花筒世界，分心，會是近未來不得不的後天心性。更適切的描述，一心多用，是夏在慢慢的成長路徑上，必然用來處理外部現實的必備心理。在臺灣這個多元的自由國度，在大臺北這座多面向國際城市，在無國界的網路平臺，島嶼上的訊息宛如繁花，新孩童之路，無法不去分心。

外部世界自然輸入分心的鑰匙給孩子——這一點我也有深刻的體認。

特別是我在編輯工作以及讀與寫的當下，夏也同時要求我聆聽他說話，或陪伴他做功課。如此像個父親抵達中年之後，我才又驚覺，自己依舊持續面對專心與分心的這兩門功課。

專心於當下的一件事，相較過往，此時需要更強大的意志力。

夏開始就讀中學之後，碰到新奇事物，仍會分心。兒子如此，父親也是。過去，在雜誌編輯臺，面對繁多項目時，最難的思索之一，便是如何分配與切割時間，以及分心多用，也在必然的分心裡，尋找專注的一心。

但這個外部世界的魅惑，真的不分年齡。我經常在此失誤失敗，之後失去。

能做什麼?好像，只能開口提醒對方。

就像我與夏在日常生活裡，持續提醒彼此——專心，依舊是有意義的。專注於當下的時刻，便能持續累積當下之後的時刻。或許，有一天我和夏都會發現，長時間習慣於當下專心，更有機會懂得分心的一心多用。

今天，你專心了嗎?——仍舊是男孩/兒子與男人/父親，當下的成長課題。

各位可能好奇，七年前的那次「提醒」，後續如何?

那個對話之後，我望向社區遊樂場的孩童兵團，嚴肅地要求夏，如果要玩，那就要過去遊樂場，好好跟大家玩樂。

迄今，我仍無法忘記，夏突然笑開嘴角，但下一秒又意識到自己的笑容露了餡，立即修正情緒，顯露出哀傷的表情回答:「那我專心玩一下，再來專心練球。」

當時，我低下頭沒有說話，努力忍著想笑的衝動。看著他往遊樂場慢跑過去的雀躍背影，我深刻理解，要求剛足七歲的他，專心一個人積極挑戰寂寞的揮拍擊球，真的是折磨小孩。

書寫至此，另外體悟了一件事:折磨今天的兒子，必然折磨父親的未來。

今天，我專心當個父親就好。

父式深蹲

我：你可以想想，為什麼雙手反拍打不好？

夏：不知道。

我：你這麼快就回答不知道，真的有好好想想？

夏：（突然生氣）我就想不到啊！

我：好。那我們這樣討論。雙手握拍揮拍時，你手臂有放輕鬆？

夏：有啊。

我：你是怎麼放鬆的？

夏：就像你說的，打球要像音樂。我彈鋼琴的時候，手臂就是要這樣放鬆。

我：啊？我的意思是說，在球場上移動、蹲低身體、自然揮拍、擊球瞬間再把手腕的力量用出來，身體要像音樂，有節奏感。

隨後，我開始打拍子，順著節拍，示範幾次：移動、蹲身、揮拍、擊球。

我：這樣能了解我的意思？

夏：你讓我想一下……

——二〇一四．十．二十六

我與夏再度有機會兩人一起練習網球時，時序已經走到十月的另一個週末假期。這天天氣不錯，我與夏依舊約好了去社區網球場，練習打網球。夏練習正手拍很順暢，但雙手反拍遭遇了亂流。不是抓不到擊球點，就是雙手反拍的揮拍動作，忽上仰身過高，忽下球挖地瓜。怎麼揮拍，球都無法穩定於弧線過網……

在繼續寫這篇回想紀錄之前，我得先調侃自己。

我小時候的運動是軟式網球，自身小小遺憾的網球夢，便自然地帶著夏投入硬式網球的運動。在夏短暫放下學校足球社團活動之後，便期待他把網球當成專心面對的一項球類運動。

這確實是我個人單方面的一廂情願。這個選擇決定，我與夏沒有對等溝通，自私地自行替夏選擇了這項運動。為此，我便是一位該挨罵的父親。

夏在小學中年級，決定重新投入足球運動，參與足球社團俱樂部。他就曾經義正辭嚴地責難我：「打網球是你小時候的運動夢想，但不是我的……」

先自首之後，我繼續反思與反省。

那個週日，從練習反拍擊球的對話裡，我們父子觸及了身體運動時的節奏感話題。

不知為何，我把身體的節奏感與音樂，直接劃上等號，用以舉例溝通。這真的是粗糙的類比。我想描述的是肌肉與骨幹協調運作的內部律動，但對夏而言，當時與音樂有關的符號是鋼琴。他能生成想像的「音樂」，其實就是彈鋼琴時的自己。於是，他便發生了怪異的運動狀態——彈鋼琴時的手臂，變成雙手反拍的揮拍前奏。

這是父子說話的天線沒有對接。孩童依舊是孩童，成人已經變為成人，兩者理解與解讀的途徑，必然存有差異。孩童與成人的溝通對等性，要達成共識是一條漫長的路途。我經常糊塗，期待夏能超齡成熟與我對話——這是一種父式期待的父親迷失。相反地，我應該蹲下身，抵達夏七歲時的身高，這樣至少能讓彼此的眼界，在一個等高的平臺。

這種成為父親之後的蹲下身，應該可以稱為：父式深蹲。

父式深蹲是一種靈魂運動，也是一種需要反覆練習，才能稍稍掌握肌肉使用的高難度項目。直到蹲下去的律動，變成身體日常的慣性節奏。父親輸出給兒子的對話，才有機會出現協調的音樂感。

我也發現，即使反覆深蹲，待在夏的身高高度，試圖說上幾句話，我依舊無法全然理解「兒子」的思緒與情緒。幸好，小學時期的夏，是一個細膩敏感的男孩。他溫柔體貼的性格，讓我成為被幸運女神眷顧的父親。

我那些不成熟的父式期待，大多數他都能夠包容。

夏都會使用「讓我想一下」，進入他個人的思索，反芻幾趟之後，再輸出意見給我。

那天，小個子的夏，花了頗長時間，進行我無法探測的深思。接著，他突然開竅了似地，以看來頗為專業的身體律動——屈膝、蹲身、放鬆肩膀，揮拍，擊球瞬間施力，以雙手反拍把球都回擊過網……？

小小可惜，凡事並沒有這麼順利，像極了人生。那天的雙手反拍，夏依舊無法掌握。不過，他反而以深蹲得更低的姿態，完成了漂亮的單手正拍，也以更穩定的節奏，和我連續拉球，莫約十來顆來回。

我推想，夏的小小腦袋，接收到了某種我其實不懂的訊息，在我無法確知的五線譜上，構成了音符。他將雙手反拍的理解與解讀，先轉化到單手正拍，找到更好的擊球節奏。

週日午後，一連兩小時，他沒有喊累。在練習結束之後的討論會議上，他笑臉燦爛。漫漫回憶是在秋日溢出杯緣的啤酒泡沫。

父與子能這樣一起練球，感覺真好。

另外一個我不想遺忘的練球記憶，發生在小學足球社團的練習時刻。

夏在國小二年級開始踢足球。一開始是以和同儕玩樂出發，但他很快就喜愛上這個運動。夏理由簡單也直接——網球人數少，足球隊友多。網球也有雙打，但確實比較個人式的球類運動。如此被夏劃入少數（人）的領域，我一開始沒有真正懂得這少數的意義，以為單一的「父親」，有機會大於多數的「同齡朋友」。當然，這樣比較其實不具意義，因為兩者之於夏的存有功能不相同。父親，本身也是單一與少數的詞彙。我也因此確認迄今依舊心儀網球，因為這運動是少數的、個人身體式的、單一內部心靈的動態運作。

少數，我試著思索這個詞彙在當下可能具有的時代訊息。孩子一詞是多數，群體的訊號。

兒子是少數，單一的詞彙。父親常關注「孩子」，反而容易忽略少數意義的「兒子」。

這是我個人的理解。我很快放下與夏共有的揮拍時光，接受過去陌生的足球。之後，一週一次的足球練習時間，若週末沒有工作，我一定待在足球場邊，陪伴數個小時到結束。「待在足球場邊做點什麼事」這個習慣，從夏的小學期間一直持續到他上中學。一開始多半閱讀小說，後來發現經常無法專心，目光完全被踢球的孩童吸引過去，後來變成專心練習慢跑。

特別是夏進入足球俱樂部的練習之後，我便開始在一旁練習慢跑。有時，在新莊足球場練習，我繞著橢圓形的操場跑道，一圈一圈計時自己的速度。有時，在大直迎風足球場、或在疏洪道足球場，我便在周邊的行人與單車道上慢跑十來公里。

這一圈又一圈的繞行之路，是父親的跑道，不是跑者的跑道。像是原子。兒子是原子核，父親是在軌道上的電子。繞行的軌道，是為了凝視。待在足球場邊做點什麼事，其中一件值得單獨安靜去做的事，應該是這慢跑中的凝視。緩慢繞行的我，會在跑道上的各個角度，回看球場中的夏，盤球、帶球、傳球，射門。

關於足球，小說家柯慈與保羅．奧斯特兩人在書信集裡（《此刻》〔*Here and Now : Letters, 2008-2011*〕），提及了許多精采論述，但之於我有一層薄膜。若單純只以一個父親的眼睛凝視足球，我後來更為理解愛德華多．加萊亞諾在《足球往事：那些陽光與陰影下的美麗》所表露的——「時光流逝，我終於學會了接受自己是個什麼樣的人：我是一個精采足球的乞討者。」

父親我，何嘗不也是一個對話時光的乞討者。

烏拉圭作家凝視足球的那一句自白，像是延長加時裡踢進的一分。足球場上唯一的一球。我來不及參與愛德華多．加萊亞諾自五〇年代開始世界盃，對足球專業認識亦有不足。但我來得及參與夏成長時期的足球，體感他在足球場上的血液溫度。一如夏擔任中鋒邊鋒位置時，他做他該做的事。我也是如此。在擔任父親的位置上，我思索我該做的事。

如此待在足球場邊做點什麼事，雖沒直接說上話，也生成了對話般的記憶：

有一次分組練習，小球員的人數不足，教練請家長下場，替補人數。我被安排擔任守門員。那是第一次我進入同一個足球場，站在夏敵對的球門。我在場內，看著他盤球前進，傳球，組織進攻，直到我的面前。以腳帶球的他，在這幾十分鐘內，沒把我當成父親，而是會擋下球的對手。夏得盡力射門，我也會盡全力擋下他的射門球。我真的擋住了夏的一顆射門球。那瞬間，我真實感覺到他傳遞到我手心的力量。就像他正拍回擊的網球。唯有差別，在足球場上，他不必處理每一顆球。他有許多同隊隊友，可以一起組織進攻，交由其他夥伴射門。守門員，需要盡力防守，無須像網球，以反拍還擊。

理解這一刻，我有些雀躍，原來這就是足球的守門員。這也是我真正的角色。網球的一來一回，是一種互動的方式，但足球的守門員，則是面對夏，思考他踢球射門的角度，以及可能的力度。這一來一回，與網球類似，但他會有其他隊友一起同行。接下來，我也開始選擇同行。週末與寒假暑假，我盡可能隨著夏前往各地參與足球比賽。比賽時，中場要留給教練與小球員。我則慢慢退到防守時的我方球門的正後方。不是場內的正後方，而是場外的正後方。這時，夏進攻到對方半場的身影，比較模糊，但我可以清楚看見他防守時的背影，以及他快速奔過中場回防的身影。

我很喜歡在這樣的視角，專注看著夏踢足球。此時此刻，我不是練習時後備替補的守門員，而是他同隊守門員身後的另一個守門員——一個只能以眼神和聲音，為他吶喊的守門員。

當他在球場的另外半邊，射進一球，我清楚意識到，待在防守球門後方的場外位置，才是我真正該站的守備範圍。

父親是時時後備的守門員——這也是我深蹲之後才發現的視野。

現在，夏已經不再揮動球拍，他答應我，會試著在忙碌的課業中，持續享受他自己選擇的足球，以及運動帶給他具有意義的種種可能。

在他尋找生命雙手反拍的音樂律動路上，我也得好好地蹲低身體，凝視同一個刺點，思索可能說出口的那幾句話，維持呼吸，像一個長期有效的「父親」，繼續深蹲。

同樣都是父親的人，說不定會有疑竇：總有一天，兒子會長得比父親高。

夏比我高之後，怎麼辦，繼續父式深蹲？

此時此刻，夏剛好比我矮一公分。為了這一公分的父子身高視角差，我得蹲得更低才行。為何蹲得更低？這不是假意謙虛。不論是為了試圖跳得比夏更高，繼續滿足我不成熟的父式姿態。更深遠的期待，是引誘夏也深蹲下來，與我一起凝視更低處的視野，繼續一起聊聊。

前者與後者，都值得初任於父親的我，深蹲得更低。

不用你了

夏：爸比，你現在在幹嘛？

我：我在上班的捷運上。怎麼了？

夏：我跟你說，我今天只上半天課。

我：（開始微小擔心）為什麼？

夏：因為我腳痛，下午不能上足球社團課。

我：那有需要我的地方嗎？

夏：我去處理一下，已經處理好了，不用你了。

——二〇一四・十・二十九

氣溫慢慢轉為冷涼。十月底的那天，約莫早晨九點之後，我人在搭捷運上班的途中，接到這通沒有顯示來電者的手機號碼。震動幾聲，我決定接聽，是夏的聲音。

那是夏上小學之後，第一次從學校打電話給我。

第一個聯想——夏已經是懂得打電話給我的年紀了？

我有種「夏好像突然長大了一些些」的怪異感受。在與夏短暫的通話時間裡，浮現了有關孩童「長大過程」的諸多問題。

以這第一次打電話給我為例。比如：

他是跟哪一位老師借了手機？腳受傷的原因？他去哪裡處理了一下腳痛？他自己跟學校請假半天？是否有請同學代為轉告足球社團課的教練？……這些連鎖問題，每一個，乍看都是簡單的一步。不過每一次往前走一步，對於這個年紀的夏，應該都需要進行如何「處理一下」的思索。

原來「兒子長大」就是這樣一點一滴發生的。而且時常發生在後來回看、極為簡單的小事上頭。小事，是躲藏記憶最好的洞穴。夏先是從學校打了第一通電話給我，接著通知我，他計畫和同學們一起去西門町看電影，再來他會自己去考上駕照去參加電競比賽，自己搭車回部隊報到，打點好西裝去面試工作。一個不小心，跟我吵完架，他也會自己搬出去租個房，跟女朋友一起住。然後，可能就是打電話通知我，他已經○○○○了（空白處，開放填空）。

等這些細碎的日常，都由他自己說：「爸比，這個那個，我去處理一下，已經處理好了。」那麼，夏也就算是長大了。

那通電話掛斷之後，我前往辦公室的路程，異常地緩慢下來了。那感覺就像是夏自己突然手動排檔，把成長速率加快了一個檔次，而我的時間機器卻是猛踩了一次煞車。

這通電話，在我心底烙印了明確的感受——再過幾年，除了○○○○（空白處，依舊開放填空），夏應該都不會再打電話給我，或者報備他已經可以自己去處理一下的事。

一位以前雜誌工作圈的男同志朋友H，讀了我發表在《聯合報》家庭版上幾篇文章，私訊給我，說我與兒子之間的幾句話，是真愛，也是溺愛。收到訊息時，我感覺高興，隨後也反思——我是一位溺愛兒子的父親？我是的。我不特別擔憂溺愛孩童時期的夏。在溺愛的同時，我也給了他許多壓力不小的生活要求。夏願意接受我溺愛的時間，不見得很長久。

我想在這回覆已經前往天國休憩的H：「親愛的H，請繼續體諒我的任性。在我有限的父親能力裡，在我被允許的時間裡，我想盡力去溺愛夏。」

像一個專注的新手父親，盡力溺愛一個成長中的兒子，或許不是壞事。

對了，我也得補充說明「處理一下」。

有一段時期，我在日常生活裡總會說上一句話：我去處理一下。

我去處理一下晚餐，我去處理一下雜誌版面，我去處理一下專欄文章，我去處理一下小說……諸如此類。夏應該是學著我說的。隨著夏的成長，我才意識到，這不單是一個口頭禪，也是一個尾隨著夏的慣行行動——我一直都在處理一下，與夏有關的種種。

這是專職新手父親的立即性職業病。

我估計，得等到能輕鬆告訴夏說——我去處理一下我自己——這句話，我應該也就從父親這個角色，真正長大了。

不論兒子、還是父親，我們共同經歷的長大，真的是一種會讓人鼻酸的事。我一直相信，這必然也是一件極為簡單的小事。

迄今，我還沒有思索清楚的，應該就是那通電話裡，夏所說的最後一句話。

「不用你了」——在未來，可解讀的意思，應該等於：

——爸比，我自己可以完成。

——爸比，接下來我知道該怎麼處理。

——爸比，收到，你安心，後面就交給我……

這些都是父親等待兒子說出口的話語。隱藏在那一句話背後的含義，也是極為日常且簡單的父式深蹲。只不過，往前的下一步，需要由我自己來舉步踩踏，處理一下。

於是，擁抱酸甜苦辣

我：人生酸甜苦辣，你吃得了？

夏：當然！

我：酸梅？

夏：我常吃！我可以直接吃檸檬。

我：巧克力？

夏：有巧克力是不能吃的？

我：苦瓜呢？

夏：在北京的時候，你不是說我天天都在吃苦瓜。

我：那辣椒膏，你也行？

夏：我可以。

——二〇一五．二．十八

回看臉書上的這則對話時，我總會想像，當時究竟發生了什麼事，讓我和幼時的夏，開啟如此無厘頭的對話。

臉書記載，那天是二〇一五年農曆年節的前一日。夏和我與妻一起返鄉，回到我們出生的原鄉。除夕日，在小鎮的家庭理髮廳，母親依舊與美髮師們進出忙碌。母親經營的理髮廳，大多是女性顧客。年節前，女性熟客生客都會來理髮廳洗髮修剪，吹整造型，染髮蓋白，希望新的一年依舊美麗。年三十那個白晝，總是店裡最忙碌的時刻。那幾年間的記憶，母親經常是忙到年夜飯的前一刻，把最後一位客人擋在已經半掩的門外，簡單沖澡，再與我們一同前往家族年夜飯的餐廳。

那天午後，我和夏就窩在老家屋後的他人荒地，一邊觀察螞蟻，一邊追逐小野貓，也等待遲遲無法結束營業的母親，真正下班。那時的父親，因初次輕微腦溢血，不良於行。印尼籍看護一過正午，便協助他沐浴洗澡。換上乾淨衣物之後，父親便在二樓看電視，進行他的團圓飯等待儀式。

還不善於等待的孩童夏，時間久了，有些小躁動。印尼籍看護發現這微小的情緒變化，便微笑從冰箱拿出兩盤紫紅色的清涼甜品，一盤交給我，示意給夏品嚐。詢問後得知，是她手工自製的印尼甜品，類似洋菜凍。我便整盤擺在簡陋廚房的餐桌上，推到夏的面前。他被那奇特的半透明紫紅色吸引，但不知為何，遲遲沒有開動。

直到印尼籍看護，切開一塊，先吃一口，露出極為酸澀的表情，夏才笑開嘴說：「很酸？」她點頭，重複說著酸酸酸，這個單字。

約莫是這時候我才出聲，開啟這段幽默的無厘頭對話。我也主動調侃夏說：「人生酸甜苦辣，你吃得了？」

那年的夏，肯定不懂酸甜苦辣跟人生有什麼關聯。他有的是過多的好勝心。我一下戰帖，他硬著頭皮也會跳火坑。就是這麼好強。他偷偷嚐一小口，立即洩漏原本就喜歡酸甜口味的神情，但下一秒又馬上裝出一臉好酸、但還是會吃下去的挑戰者樣貌。真實滑稽又惹笑。印尼籍看護也開懷笑著，同時切割另一份涼涼甜品，端上去給二樓的父親解饞。

那晚年夜飯，父親坐在輪椅上，由印尼籍看護在旁協助進食。我們這一家剛好坐滿一圓桌，與其他桌的親族們共同團圓。酒食氣氛逐年融洽，也更為歡樂。晚餐結束後，我與夏，一起推著父親的輪椅，陪他先返回老家休息。一夜餐食，父親老邁的身軀，顯露疲累。我冷藏打包好的年夜飯菜，與印尼籍看護一起攙扶父親上二樓，再一一告知接下來幾天的年節行程。

離開父親之前，我請夏，擁抱我的父親。

擁抱父親——最初，是我請夏這麼做的。一如他搭乘小學專車之前，我請夏擁抱他的父親，我。

記得的流光裡，擁抱就是從那幾年開始的。我請夏在說再見時，擁抱父親，也擁抱照料父親的印尼籍看護。這是疼愛也是道別的儀式。夏曾與我觸及討論，以擁抱說再見，不是僅適合家人與有情感牽絆的朋友。

夏問我：「為什麼要擁抱印尼籍看護？」

我回覆夏說：「她住在我們老家一起，好多年了。協助我們照顧家人的人，也是家人。」

夏於是開始學習擁抱另一個人。

現在，夏每次陪同我返鄉，在離開母親時，他也懂得緊緊擁抱我的母親，以及我的妹妹。但不知為何，我與父親、母親、弟妹之間，沒有發展出擁抱彼此以道別的這個儀式。我反思，在我的原生家庭，這行為並不存在於我作為一個兒子與兄長身分的成長期。我與妻，也沒有這類的擁抱。我們擁有的是另一種私領域的親密擁抱。

這些或許都是我該反省的。

我於是也開始學習擁抱另一個人。

當我作為一個父親時，特別是去擁抱兒子。

迄今，我與夏之間，仍持續保持這種擁抱——不久之後就會見面的擁抱儀式。比如，一早，我做完早餐，他準備去搭公車時，我們在門口擁抱彼此。我開車送他前往某地，夏在下車時，也會與我擁抱。

這種擁抱的時刻，隨著夏逐漸長大，也逐漸減少了。

夏的青春期之後，如此的擁抱儀式，是否會消失？我無法確知，也無法預見。此時此刻，我試圖留住擁抱，記憶這樣的擁抱。在牢牢記住父子的擁抱之後，再慢慢尋找適當距離之外的位置，像個已然成熟的父親，適切適時探望他就好。

那一盤盤紫紅色的甜品，凍著印尼籍看護的人生眾味。當她探望著夏吃洋菜凍時，是否也想起了自己家鄉的孩子，因此浮現像個母親的笑容……

酸甜苦辣，看似簡單，吃也簡單，除此之外，都是艱難——這一點，我做兒子的時候，不太懂。當了父親，才開始懂。一路從五〇年代熬到九〇年代的我的父親，或許比我更懂。

母親與妻子？

人生的酸甜苦辣，她們從最初開始，就已經完全懂得。

島嶼上的日常，光是寫下的這四味，要翻越過去，就挺不容易的。我沒敢期待，當時的夏一吃就懂。從他回答我，辣椒膏也可以吃得下，那麼這個兒子確實也還沒懂得這盤印尼洋菜凍的酸與甜，估計也沒把我這塊辣椒膏的苦與辣放在眼裡。沒關係，邊走邊瞧，總有一天，夏也許會變成另一個孩子的父親。我打心底期待，他至少要先試著學習擁抱，試著透過一雙手臂與身體，感覺另一個人的手臂與身體，或許有機會早一步感知，那另一個人的酸甜苦辣。

沒錢不用哭，但要為貧窮流淚

我：《太陽的孩子》這部電影，你有看不懂的地方？

夏：（搖搖頭）都看得懂。

我：那你覺得，這部電影在討論什麼？

夏：（約莫想了十來秒）就是講「社區改造」的故事。

我：你的這個想法很棒。看完電影，映後座談的時候，兩個導演（鄭有傑和勒嘎．舒米）在討論說，窮跟沒錢不一樣。那你覺得，窮跟沒錢有什麼不一樣？

夏：有不一樣嗎？很窮就是沒錢，沒錢就會很窮。這是很簡單的道理！

——二〇一五．九．二十

《太陽的孩子》是二〇一五年，我看過的國片中，落淚最多的一部電影。一次、二次、三次、四次……觀影之後，我計算自己流了幾次眼淚。最後追加了一次，是雙導演之一的勒嘎．舒米說，部落裡，那位留下祖地耕作海稻米、站出來對抗財團開發商的女性，就是他的母親。

那瞬間，鼻頭酸澀止不住，我又流淚了。

落淚五次。一點都不多。

依舊記得，第一次因為電影哭得自己無法收拾，是日本導演瀧田洋二郎的《送行者：禮儀師的樂章》。

那時是春天時分，北京東二環外的路面，只剩少許未融化的積雪。那時的夏，也只有一歲多，應該無法理解，我為何哭得無法止住淚水。他只能依偎在妻的懷裡，默然望著我——一個不斷擦拭臉頰淚水的父親。

年輕時，我其實不讓自己哭，也不太理解哭。這與我成長時的家庭教育有關。或許吧，成年之後的種種，都與自小的家庭教育有關。

男人不准哭——我那曾經努力過卻無法爭氣的固執父親，從小就給我立下這條規定。我也暗自賭氣，靜靜鎖緊眼角，整個青春期與成年初期，都在反覆訓練自己，男人不准哭。

我曾經讓「不哭」，成為一種性別準則。直到一次，那位在人生路上不順遂的舅舅，獨自在我面前，哭得不能自已，我才有了不同感受，打心底改觀：男人得懂哭，也要懂得如何哭。

在開始與夏認真對話溝通之後，我常和他說：「男生哭，沒關係。不過還是要想一下，哭，有解決問題？如果哭可以解決問題，那就好好認真哭。如果沒辦法，那哭過之後，我們可以怎麼處理。」

小時候的夏，總是流著淚，搖頭回應不知如何處理。現在的他，偶爾遇上自身的艱難時刻，也懂得哭。他會回到房間，告訴我他需要一小段時間。等打理好情緒，夏會回到面對問題的軌道。

這應該是理解「懂得哭」的第一步。

在夏的成長小徑上，哭能解決的事，幾乎是少數例外。哭了之後，問題通常還在那裡。

流淚之後，我依舊反思，為什麼窮和沒錢不一樣？這問題看似簡單，卻不易回答。

不同產業的薪資概念不同，收入是多是少的標準，要以哪種產業來判斷？年薪多少以上，才不算賺得少？每人平均財產在多少以下，就進入社會的貧窮階級？經常地，長大的成年人更容易陷入貧與富的比較困頓。那麼島嶼上太陽的孩子要如何理解，數字化的錢，之於真實的貧窮，是如何計算出來的？哪一種層級的有錢，可以讓人真正快樂？

書寫當下，我以關鍵字「臺灣貧窮」，鍵入搜尋引擎查詢，立即可以讀到網路上幾則有關低收入戶與貧窮線的文章。其中一項探討，奠基於美國中央情報局（CIA）出版的《世界概況》（*The World Factbook*）中「全球貧窮率」報告數據——臺灣的法定貧窮人口比例為一．五%，相較韓國（一四%左右）、日本（一六%左右）、香港（一九%左右），臺灣是世界第一低……？

有論者指出，這數據應該遠遠被低估了。

根據二〇二一年主計總處與國際貨幣基金的預測，二〇二五年，臺灣人均 GDP 為四二八〇二美元，可能就會超越南韓的四二七一九美元？……

距離《太陽的孩子》上映，已經過去七年。不知為何，主計處的預測，我感覺不真實。這項預測，是人均的預測，還是指向貧富落差更為嚴重的預測？全球貧窮率的報告，我也無法盡信。臺灣法定貧窮人口數，或許，會不會，更多？因為國家政策基金會也做了研究，若以鄰近日韓對比，他們推測臺灣貧窮線以下需要關注協助的人口數，可能有三百萬人……

貧窮，遠比想像的，更靠近我們。

美國人類學家奧斯卡・路易士提出了貧窮文化的論述。他在《貧窮文化：墨西哥五個家庭一日生活的實錄》與《香吉士一家人：墨西哥底層生活紀實》（新版譯名：《桑切斯家的孩子們：一個墨西哥家庭的自傳》）這兩本書中，以田野調查的紀實之筆，提供了墨西哥底層人民的貧窮意見。如此閱讀觸及與思索貧窮，我聯想了小說家胡安・魯佛關注墨西哥窮困農民的作品：《燃燒的原野》。在這本短篇集裡，有一個鄉村故事的篇名即是〈都是因為我們窮〉——大雨暴洪，父親贈與小女兒待嫁的漂亮母牛，被水沖走。越來越成熟的小女兒自此落入真正的貧窮，爾後如不可逆的宿命，必然與另外兩個已經壞掉的女兒一樣，也墮落風塵。這其中「都是因為窮」的必然因果關係，或許是奧斯卡・路易士論述真實呈現的，也是有所反思的。

貧窮確實不容易以減化論述，也或有這類不同角度的回聲——貧窮不是誰的罪，窮者不是沒有文化，貧窮層階級也有自身形成之後的延續敘事——但這些較為正面的思索，依舊無法迴避貧窮存於臺灣的事實。

我的原生家庭就有一根直直的貧窮之針，刺著我的成長期。在那償還父親債務的漫長路途裡，我曾經生成一個念頭——人被逼著需要錢的時候，就會感覺特別貧窮。這個想法，影響了我對貨幣需求感的思考。我有兩種較為私人情緒的反思。

一是，因為不足，所以窮。無需求，所以平衡一些。不單在山林部落，水泥城市也是。

二是，在日常生活裡，不至於感到匱乏。這過往簡單的念頭，在現下，變得更為複雜。

以上，都只是個人帶有憂慮的想法。接下來，還是讓我們回到，哭與落淚。

那一晚，在漆黑的電影院，我沒有啜泣，只是感覺眼淚一直不停走過臉頰兩側。夏坐在一旁，發現我落淚，他不為所動。過去，他已經有多次父親哭泣的經驗，不會像第一次獃然以對。

在漆黑的電影院裡，夏可能默默嘆氣也無奈想著：「我怎麼會有一個這麼愛落淚的父親，沒辦法，我們家的男人從我之後，都可以好好哭，那就讓愛哭的父親好好流眼淚。」

我因電影流淚，但無法處理底層社會的貧窮。窮和沒錢，真的是完全不一樣的。我的理解可能粗糙與不足，但我試著描述：

沒錢，可能是個人的問題，貧窮卻是整個制度出現問題的警訊。一個人沒錢，可以哭。只不過，哭依舊無法解決沒錢的問題。不過，這個社會出現了想像以外的、無法解決的（大量）貧窮，那真的需要為此流淚，為此好好地哭。

觀影當時，我無法讓夏理解，沒錢與窮，不一定畫上等號。現在，我依舊沒有把握說明清楚。像我這樣已經長大的父親，還能為這個島國的太陽的孩子們，多做一點什麼？這個問題，我會慢慢與成長中的夏討論，也會持續聆聽在近未來的兒子的想法。

當我們開始，討論死

夏：為什麼要拍蛋破掉、蛋黃流出來？

我：……

夏：為什麼要拍醫院窗戶上的蒼蠅？

我：……

夏：為什麼她要把藥丸和老鼠藥搗碎，塗在魚身上？

我：……

夏：拍這些畫面的意義，是什麼？

——二〇一五・十・九

寫著的秋日，開始了。

林書宇導演的《百日告別》上映之後，我與夏一起去看了這部電影。出發前，我查了電影分級，保護級。有我陪同，八歲的夏可以進場。觀影前，我約略知悉故事的梗概，可能涉及了人與人的分離與思念，以及親者的死。

我有過擔憂，死亡的議題，是否適合剛足八歲的夏？

相對於性和愛，關於死亡的討論，我似乎有更多猶豫。多了的這份猶豫，可能與我不捨得與夏分離的微小恐懼有關。這也是我自身需要再進一步思索的議題。

我記得，也是這時期前後，我在日常生活裡，開始和夏較為正式地，討論死。

那時期的夏，還無法體感死亡的意義，也不懂親者離世究竟如何看待，一如我們曾反覆聊到的生老病痛。他似乎開始捕捉，死亡、逝世、埋葬、永別⋯⋯可能的想像。這些詞彙曖昧與晦澀，他的掌心裡並沒有糾結的緊握感。一直到多年後，夏遇上了親者的死——我的父親離世——夏才真切感知，死亡為活者帶來與留下的訊息。

那是另一個故事，我也還沒能找到裝載它的容器。

從夏能開始對話，面對生老病死這類議題，我沒有閃躲，也無法迴避，選擇和他聊聊，以持續父與子的日常。

活著的人，總會一直面對這些消逝——這項定律，不論醫學科技多麼前衛進步，或者宗教如何偷渡解讀人的靈魂，都無法進行任何微調。面對死的探討，八歲的夏，和當年四十二歲的我，《百日告別》都是深刻且沉重的影像訊息。

在觀影過程，有幾個故事段落，夏無法理解，他便悄悄在我耳邊提問了前述的那些問題。

蛋破了，蛋黃溢流出來。

一隻停在醫院窗戶上的蒼蠅。

誰人把藥丸和老鼠藥搗碎，塗在魚身。

這些電影畫面，都牽連著死的意象，也悄悄影響了夏。當夏尋問拍攝這些橋段的意義時，即便他使用的「意義」這詞彙，也相當曖昧晦澀，確實讓新手父親我驚訝與慌張。

當親者死亡消逝，所有藉由畫面而生的訊息，偷渡到夏與我的電影記憶。

觀看《百日告別》時，我沒有回覆，為夏解釋。電影結束散場之後，我們才開始討論他的疑惑。我當時為他進行的解說細節，有些已經遺忘了，但主軸圍繞著性、愛、與我年老的父親。

之於我，性是生命慾望最自然的本體，愛是能好好說說話的人與人之間最複雜的感受。

在夜間開車返家途中，我才和夏聊到已經老了的我父親——他已經年老，可能也是當時夏身邊的親人之中，最靠近人的消逝，以及死。

在我與夏這段對話之後的第四年，相同的月分，久病的父親離世了。喪禮時，我趴伏於地，面向父親的遺像，一次接著一次，沉重地磕響頭。夏從我滴落於地的眼淚，意識到我的父親的消逝，也意識到屬於他和我的百日告別。

那存介於父子之間的告別，並不獨有，但確實是專屬兩人之間。然而，面對父親的離去，長孫夏，比我這個兒子，更為堅強。

一路返抵社區住所，已經晚了。夏上床入睡，我如往常，親吻他的臉頰，擁抱他，輕聲晚安。

那時，心也是輕聲，希望兒子慢一點長大。若能慢一點長大，也就能慢一點老。我是如此天真以為。

觀影後沉靜兩天，描述成立了。我和夏，觀看了一部關於記憶的電影。不一定是對亡者的哀與愁的影像敘事紀錄。我爬梳這部電影，故事訴說完整，敘事也被處理得十分流暢。流暢裡，藏有剪接的細膩與溫柔善意。

這些一如同生的秒針，滑過我與夏。

在電影院那晚，我沒有流淚。但兩天之後，像似秒針那樣慢慢走動的時間裡，我確立了《百日告別》之於我最大的省思：

終有一天，我一定會先離開夏。

那一天到來之前，我能否準備好，要永遠離開夏了？

夏能否安心，輕輕握著手，也輕輕放下手，讓我離去？

這是活著的人，需要好好準備的一堂課。能否真的準備好？這些問題，在下雨的清晨，像眼前霧裡的城市一樣，縹縹緲緲。我沒有把握。各種形式的告別，都需要學習。關於死，以及與親者的告別，我和夏，也都還需要繼續對話，多說上幾句話。

舉例說明，未老

夏：爸比，寶刀未老，是不是「已經老了」的意思？

我：寶刀未老的老，是老了這個意思，那未老呢？

夏：有些地方還沒老……

我：你這樣描述，好像也不能說是錯。不過，是哪些地方還沒老？

夏：就還沒老的地方……

我：你這樣描述，不夠精準。要不要試試看，舉個例子？

夏：我就是不知道才問你！

我：……（開始生悶氣）

夏：那你舉例說明……

——二〇一五．十一．二十二

二〇一五年的秋季正要結束，冬日準備抵達。這時節前後幾天的氣溫，是臺灣難得乾爽舒適的時光。以一年四季的季節時點來看，確實也符合寶刀未老這個議題。對話當時，我能感覺自己對於這個議題的緊張感。原以為，這份感受會觸及中年危機，但孩子想像的，顯然與我以為的無關。

那個週日，一如過往的習慣，我與夏不賴床，早早便起床。我煮稀飯，夏開始寫字做功課。早餐結束後，我繼續磨墨與陪讀，也倒了茶水，從容擔任一日書僮。

夏足八歲又四個月了。在這個年齡，他開始意識到了「不明確」這件事。有些是對事物不夠精準的理解，有些則是局部切片式的認知。這些似懂非懂的問題，應該是夏試著捕捉抽象的成長過程。

在這段時期的日常對話裡，我經常使用「舉例說明」，夏也就開始要我舉例，為他說明。於是舉例說明，未老。

未，對於八歲的夏來說，應該屬於十分抽象的詞彙。老，在他當時的世界裡，比較有機會觸摸與發現。比如，輪椅上的爺爺。比如，我的白頭髮。然而，加上一字，未，再將兩字合寫為「未老」。這個詞彙，便成了夏不容易捕捉的感受。

——尚未老去。

——或者，正一步步接近老的狀態。

此時回頭追逐記憶，我無法完整挖掘夏對於「未老」的理解。但我依舊記得，當時試著為他拼湊的，舉例說明：「比如說，阿格西很厲害。他退休之後，有一天你跟他打網球，突然發現他還是很厲害，那你就可以說阿格西是寶刀未老。」

回播這份記憶，當時六十分的自己，笑了現在五十九分的我。我是一步步發現，擔任父親職位的日子越長，就越是容易給自己打上不及格分數。

當時給夏的回覆，真是不理想——每回耽溺於父子回憶時，我總這樣敲頭喟嘆。

阿格西、網球、退休、很厲害……這些描述，之於當時的夏，都是比較具體的詞彙。這些詞彙，在我與他說話時，漸漸存有彼此的軌道。在意識到夏開始困惑於抽象，我便試著為他尋找這類的軌道，也試著與他一起在現實的世界，試著將抽象扎實落地。

「兒子」是大路朝天，在父子築路的路途，藏著許多我也尚未確知的秘密。在我與夏聊聊的日子裡，兒子，從無生有；反倒是現在未老的「父親」這個詞彙，之於我，越來越抽象。

我隨著夏的步伐，也是一句一字靠近了抽象。

我猜測，只要時常舉例說明，我們會有機會透過具體的例子，驗證那些伴隨時光而來的抽象。是吧？我也不太有把握。雖沒把握，往後面對夏，有意無意地，我依舊盡可能以具體具象，與他說說話，進行描述。

我確信，就是在那段磨墨陪讀的書僮時光之後，舉例說明，變成我們生活裡有微量意義的一種共享經驗。

一轉眼，又是七年過去。爽朗的秋末已經多次遠離，冬雨之日依舊連年延綿。我與夏的父子對話課，還持續敲鐘上課，舉例說明的需求，卻慢慢變少了。我察覺有另一種「不明確」的抽象，逐漸在我們的日常裡生成。至於是什麼，我也還在尋找更具體的舉例，為自己說明。

幾乎是在這同一時期，我發現，舉例說明，有一個重要的功能目的——試著尋找兩人對同一抽象事物的共鳴。

思索抵達此地，我又覺得，「自己作為父親，像是一個父親」，重新擁有了六十分。

此時，舉例說明：父親，終於勉強及格了。

在已然過去的曖昧時光裡，透過與夏的對話，我，究竟是誰？

我試著自問自答——新手父親也確實需要懂得如此自問自答——說不定在我似懂非懂的另一個週日早晨，「舉例」與「說明」，已經成為我與夏彼此依賴的通關密語，讓我們持續保持父與子的通道。

註：這篇稿子完成後，我上傳到「941 個家」的 Line 群組，請夏閱讀審批。我想聽聽他對這篇稿子的讀後意見，請他給我一些看法。這麼做的目的，是我想像中父與子在不遠未來的一次嘗試。這嘗試需要等待時光與契機。幸好，我與夏都能接受等待，所以就等等。

已讀我的訊息之後，就讀中學八年級的夏，沒有退稿。他讀完之後，也寫了一段讀後感，上傳家庭群組給我。他寫給我的回覆，如下：「捕捉抽象時，抽象變得具體。隨著時光的流動，記憶又漸漸變得抽象。謝謝你利用舉例說明，來捕捉抽象。」

十歲未滿的人生四大困境

夏：爸比，你覺得人生中最常碰到的三件事？

我：醒著。

夏：不是。

我：睡著。

夏：不對。你可以認真一點回答嗎？

我：我的回答都很認真。

夏：哪有？

我：好，那你說，是什麼？

夏：是「選擇」。

我：（小驚嚇）為什麼？

夏：因為你剛剛問我，要先吃中飯、還是把英文讀完。我選擇要一起吃中飯。

我：……那第二個是什麼？

夏：（苦思一會）我忘記了！

我無語，肚子裡的火氣開始翻攪。這麼重要的人生事，你也可以忘記？

夏：不過，我記得第三個。

我：是什麼？

夏：是「失敗」。

再一次，我受到驚嚇，一時說不出話。

夏：啊！我想到了，第二個是「困難」……

——二〇一六．一．三

現在反思，我還是無法精準完整表述那時不及格父親角色的內部心理活動。

這也不是第一次，我意識到夏正在接觸抽象這件事。只是他的回覆，讓我有種意外滑了一跤的短暫墜落感。

我有些驚奇感，當日便在臉書以對話的方式，試著記錄夏與我的這次對話。大意是：

二〇一六年一月三日，這一天，夏認為人生中最常碰到的三件事，依序為：選擇、困難、失敗……（未完）

那個星期日的午餐，我們吃得比平時晚些。我下廚做了不辣的肉絲沙茶炒麵，油酥貢丸湯和口感偏軟的高麗菜。簡單的一頓，期望多少能簡化兒子的複雜人生。我在準備料理時，夏正在讀寫英文。

我打斷他，特意詢問：「要不要一起先吃飯？下午再來寫讀英文練習？你也可以先把英文讀寫做完……」

夏十分開心，立即選擇先吃飯。我們早晨刷牙洗臉時，已經口頭約定好，吃中飯時，可以一起看《暗殺教室》的電影劇場版。

我在電視頻道上尋找《暗殺教室》期間，夏也清楚完整表達，他人生中最常碰到的三件事……一介父親，突然聽見小學中年級的兒子提出「人生三件事」，我有一種心理還沒準備好面對的錯愕。慌亂中，我幫他夾了一大碗肉絲沙茶炒麵。

我回想這類有關抽象思索的記憶實境，總會浮現一串提問：

小孩會在幾歲時開始接觸抽象思考？

成長多大之後，開始提出想像中的抽象問題，並與成年人進行對話？

成年後的大人們，又該如何面對少有的、溝通抽象的親子對話時刻？

這一小串的關聯提問，應該會誕生在每一個孩童的成長期，恆定地週而復始。夏也是，我也是。

過去，我自己的成長經驗，有關溝通抽象、思索抽象的這件事，在我的原生家庭裡，或許曾經發生，但不一定會被重視。自小也沒有長者會在一頓飯的時間，與我對話抽象，與我一起捕捉抽象。即便，我丟出了議題，家族長輩也鮮少回應。這或許與早年時代的務實氛圍有關。在那個努力掙食的年代，在小鎮裡討論抽象，並不普遍，也無法換取豢養家族的米糧。

上小學之前，我幾乎生活在伙房三合院，多半跟著外婆生活，由她隔代教養。直到小學畢業之前，下課後，我都先偷偷溜到伙房三合院，陪伴外婆，被父親催促了，才返回位於小鎮主街上的家。母親曾經笑說，小時候的我，認為外婆才是母親。對此，我曾試著稍稍爬梳精神分析學家約翰．鮑比（John Bowlby）提出的「依戀理論」（依附理論／Attachment Theory）。我推想，我幼時成長期的情感紐帶，說不定是綁繫著外婆。

外婆是一個拿著細竹絲當教籐的生活指導者。諸多生活小事，比如，起床與睡覺有時限規定，三餐得吃飽、甜食禁止，農忙時需要懂得幫忙家務事等等，她都會訂出嚴格標準，也要求我執行。對於貪玩的我，娛樂時間寶貴，睡個午覺都是煎熬。外婆同時又無比疼愛家族的第一個外長孫我。

從小，我就是個頑皮的搞頭王，穿著補丁褲，身貼土牆，想盡辦法躲過外婆耳目，偷跑到水田菜園去「拈揚尾打草蜢」。但只要外婆在三合院曬穀的堂下，大聲叫喊我的小名，不論在哪裡，我都會第一時間飛奔回到伙房住所。等她叫喊第二聲，就表示我不在她「聲控」的範圍。這跑太遠的下場，就是挨幾下不算疼的竹筍炒肉絲。

如此一邊務農也一邊教育我的外婆，是個重視務實、具體、真實生活的人。與她有關的抽象溝通，幾乎都來自具象的現實描述。

外婆曾對我說過一段，挺有生活哲思的論述：

——人要過上好日子，就要努力賺食。賺了三碗飯，一碗自己吃，一碗存下來，一碗要留給別人吃。

「三碗飯哲學」，觸及了抽象，但淺顯易懂，我也就記憶了四十多年。這約莫是我記憶中溝通抽象的可能原點。

面對夏的「三件事哲學」，我當下表面看似鎮定，其實驚魂未定。原因單純，我意識到夏這世代的孩童，即便十歲未滿，人生已經充滿了抽象的符號。這是資訊時代的語境，抽象由影像成象，具象也被推向模稜兩可。我擔憂自己還無力協助夏的抽象思索，他就突然越過了我。然而，更多的擔憂是，我無法探知他的抽象想像，或忽略了關心他面對未確知符號時的不安。我真切感受到，捕捉抽象，這或是與夏溝通罕見美好靈魂的時刻，也是成年的我最容易輕忽了的時刻。

我深深覺得，陪孩子一起組合樂高，一起露營生火，在一頓飯裡討論「選擇、困難、失敗」究竟是怎麼一回事，都是必要的日常。因為，十歲未滿的人生，不會只有三件事……

那天，在我無言面對肉絲沙茶炒麵的瞬時之間，夏又開口說：「爸比，還有第四個。」

我戰戰兢兢詢問：「第四個？是什麼？」

夏很爽快回答說：「是猶豫。」

隨後，我被奔騰雜亂的情緒襲擊——這個十歲未滿的小男孩，需要「猶豫」什麼？是猶豫要先吃肉絲沙茶炒麵，還是先喝油蔥貢丸湯？

既然是他人父親，我得努力表現泰然。我沉穩開口反問：「不會，還有第五個？」

夏淡定回覆，還沒想到。然後他吃了一口肉絲沙茶炒麵，滿臉驚喜，給了很好吃的高度評價。我依舊記得，隨著那內部心理獨白逐漸明確，我無奈認定了，真的，孩童最常碰到的人生事，不管三件還是四件，確實比我的人生困境更加煎熬。

註：我人生最碰到的三件事，幾乎不足以抽象描述，分別為：醒著、睡著、讀寫小說。第四件事……希望靜靜發呆時，不要碰到前述的三件事。

故事可以抵達的遠方

夏：爸比，我牙齒斷掉一塊了，怎麼辦？

我：你嘴巴張開，我檢查一下……還好，沒流血，可能是要換牙了。沒關係。

夏：真的沒關係？那要去看牙醫？

我：你想去看牙醫？

夏：不想。

我：這樣……（思考中）好，那就不要去看牙醫。

夏：真的可以？

我：可以。我小時候也怕看牙醫。不過裂開的牙齒尖尖的，接下來你可能會想要咬東西，說不定也會想吸血。

夏：吸血?!（一臉驚呆，然後笑出聲）你騙我。

我：（認真嚴肅）我沒有騙你。每個小孩在長大過程，都會碰到這樣牙齒崩裂，變成尖尖的時期。如果不看牙醫，有些小孩就會想要咬肉，也有一些小孩，咬了肉，會想吸血。

夏：（落入沉思）爸比，你小時候也有？

我：有啊！不過我咬了肉之後，沒有喜歡上吸血。吸血鬼就是這樣變出來的。

夏：（滿臉猶豫不確定）我不喜歡吸血。

我：那過兩天再看看，就會知道你咬了肉會不會喜歡吸血……

——二〇一六・二・某日

我與夏約好一起騎單車。

那天晴空，是二月溫度回暖前的早晨。

我們開車停在臺灣大學校區，騎著DAHON的小折單車，先在校園裡穿梭，慢行拐了道，路經公館捷運站，最後緩緩騎到和平東路與瑞安街口。我帶夏到年輕時常去吃的一家黑白切，呂巷仔口麵食館。

那是一家開了很久的路邊攤。我記得在文化大學時期到建國北路教育推廣部忠孝館上課，這家麵攤就在那條巷仔內。有一段時期，一有機會，我便常帶夏隨性走吃路邊攤。我一直覺得，路邊攤是一地一城的口鼻記憶，也是嗅覺味覺的文化所在。日本福岡的屋臺，香港的大排檔，韓國的布帳馬車，遍地都是吃食風流，也都是鼻子舌尖的文化記憶。每回去呂巷仔口麵食館，總有一碗米粉湯，然後黑白切幾盤豬肺管、豬脆骨、大小生腸或腸頭。每一小盤都是銅板價格。滋味日常無華，但這份平實卻讓人頻頻回訪。夏吃得很開心，笑得很燦爛。他喜歡這樣的時光。

可能就是吃這一頓父子騎車午餐的時光，過於歡樂開心，他邊搞笑，猛咬脆骨，卻把臼齒乳牙給咬崩了一半。他一臉驚訝發現牙齒會刺人，才抓出那半邊小裂牙。第一時間，夏擔憂著是否要看牙醫的問題，我則擔憂他的擔憂。

小時候，誰不怕躺上牙醫診療床？誰不怕那些伸進口腔的電鑽與水槍？到現在，想到要去檢查牙齒，我眉頭還是會揪一下，冷汗直冒。為了讓夏安心吃飯，我只好亂編崩牙小孩愛咬肉，又可能喜歡上吸血的故事。

在臼齒咬崩了一角的那天不久前，我們一起去白鹿洞租借了動畫電影《尖叫旅社》的光碟。夏並不討厭吸血鬼，但並不想愛吸血。這麼描述，有些奇怪，不過我確實經常透過奇幻動畫電影，與夏討論故事的形貌、角色之間的屬於人的理解，以及藏在幽默笑聲裡的共通情感。

印象深刻的有皮克斯製作的《可可夜總會》、宮崎駿的《魔法公主》、今敏的《東京教父》、細田守的《夏日大作戰》等等。這些簡單舉例，還有許多好萊塢與日本的動畫電影，先不一一說明。這些帶有奇想科幻色彩的動畫故事，一直以來，我都覺得是很好的孩童故事文本，應該也在夏心底留下有意義的想像。

在夏不想讀「書」的時候，我多半建議他去選讀漫畫。

我自小便喜愛漫畫書。從小六開始，以及後來的國高中時期，我經常窩在父親朋友開的漫畫店，一本接一本，翻閱各種類型的漫畫。那個小鎮漫畫店，是我理解故事最初的源頭。

從青少年時期開始，我便持續購買想重複閱讀的漫畫。現在書架上收藏的漫畫，佔據了家的一整面牆。日漫居多。有一段時期，夏在無法外出運動遊玩的週末，把書架上手塚治虫大部分的短篇漫畫與單行本，都翻讀過一遍。

近幾年，夏對故事的期待，慢慢趨向複雜，我便開始推薦他接觸谷口治郎、松本大洋、五十嵐大介、水木茂等人。我自己喜愛的科幻經典《攻殼機動隊》與《阿基拉》，不論漫畫或者動漫電影，我都悄悄地推入夏的閱讀領地。

動畫與漫畫，應該也是夏的故事想像資料庫。

我如此相信，當下的一個好故事，經常會在孩童的未來，出現另一種較為深層的解讀。這種在成長裡極為緩速的意義釋放，是時間作用於思索的餘波，也是故事內化之後的湖面漣漪。這類影響，我是長大之後才逐漸懂得。

故事可以為夏抵達的遠方，總是比我想像得更遠，也更久時。

那天在巷仔口的路邊攤，也是一次類似「父式親身故事」的虛構體現。在我亂編故事之後，夏落入思考，看他認真辨識真偽的模樣，讓我忍不住竊笑。

他抬頭發現我在偷笑，立即就笑開嘴說：「爸比，你又騙人！」

有時，我確實會亂編故事。

愛咬兒子又要騙他吸血的吸血鬼父親，都愛認真胡謅矇騙兒子。

動畫電影《尖叫旅社》裡的吸血鬼父親德古拉，也為女兒亂編了一個故事——他在山腳下捏造了一個由怪物組成的假人類村落。目的是為了呵護女兒、保護女兒免於人類的傷害……然後呢？其後，故事的發展，總不只是我們看讀的故事本身而已，我就不在這裡多話贅述。

崩牙之後，我們依舊邊吃邊聊我小時候綁線拔牙的趣事，夏很快理解我騙他，是希望他放輕鬆，不必擔憂檢查。在午餐結束之前，夏便同意，當天下午，去掛號給牙醫師檢查。

崩牙小孩的故事就這樣結束了？沒有，就像《尖叫旅社》也出了續集。後來，還有不吸血的崩牙小孩如何愛上川味麻辣鴨血的故事，但那個故事我就不在這裡矇騙各位。

下一手棋，關於意義

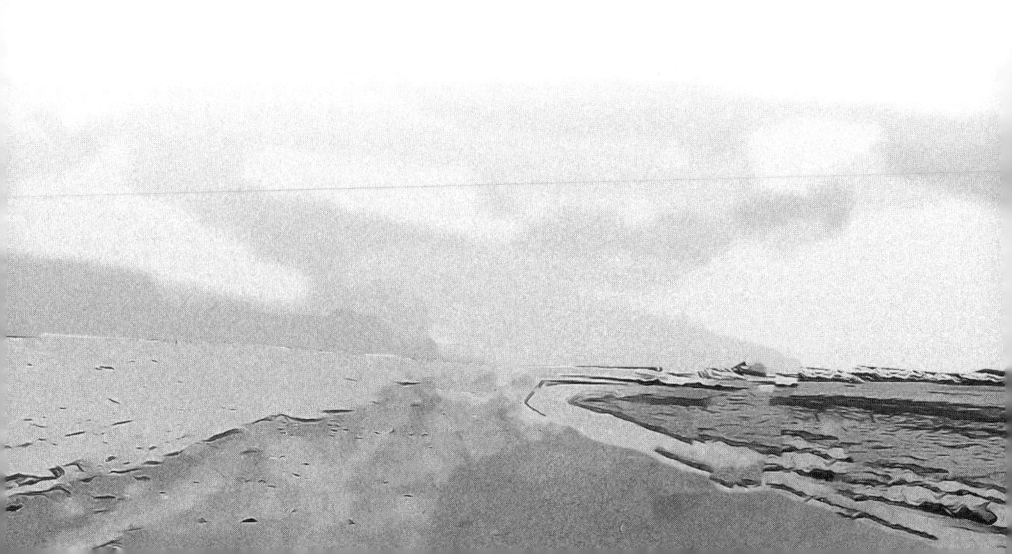

我：為什麼，喜歡這個污漬小子？

夏：沒有為什麼。

我：應該會有你喜歡的原因，或對你是有意義的意義！

夏：喜歡，一定要有意義嗎？

——二〇一六・四・八

夏未滿九歲的那個兒童節，我們約定，連續休假日一起讀書，希望每天都有一個小時段，共同進行各自的閱讀……

句號。

宅童夏，確實不特別愛出門。連續假期，他很樂意窩在家，東摸摸西碰碰，但不一定每天都讀書。

假期的最後一天早晨。我幫他挑了提姆·波頓的《牡蠣男孩憂鬱之死》。夏一翻開書，就喜歡——因為書內的文字特別少。另外，詭異的插圖，也立刻吸引他進入故事。

陽臺上，我抽著菸斗，喝著手沖咖啡，翻閱剛從國外寄達的、關於介紹蘇格蘭威士忌酒廠的原文書。隨著紙頁翻動，夏不斷發出各種怪誕、荒謬、好笑、不可置信的嘖嘖聲。夏無比認真，一轉眼，全本閱讀完畢。

一如過去經常重複的日常，我追問夏對這本書的讀後感。

夏說：「書裡的小孩都很奇怪。」

我說：「哪一個角色你最喜歡？」

夏沒有猶疑立即回答：「污漬小子。」

我也立即提出「為什麼」的質問。接下來，便有了上述的對話。

——喜歡，一定要有意義嗎？

我被他的反問迴旋鏢，逼入死角，支支吾吾，說不出半分意義。

夏見我無力反抗，開心闔起書，謝謝我的選書，他真的很喜歡。然後，他異常認真向我提議，中午吃飯時，一起選看中華電信MOD的一部電影。

他特別強調，電影由我來挑選。

我胸口頓時一緊，深深覺得詭異，有陷阱，又再一次支支吾吾。

夏竊笑著說：「爸比，我們一直看電影，卻不能說出一點意義來，這樣很無聊。」

當下，我心底燃生無限多的圈圈叉叉，這些荒誕感情符號，都帶有火氣。小子，你幾歲，這是在挑釁我嗎？我隱忍著被兒子碾壓的痛，認真地與夏約定，看完電影後，請他與我分享觀影心得。他一反往常，很爽快就答應，讓我更覺得有異。

中午，我不可逆地以猜忌與悶氣的爐火，為他煮好了飯菜。接著，我特意挑選了故事複雜的《對奕人生》（*The Stone*／韓國導演趙世來的處女作，也是遺作）。

我們邊吃飯，也很認真看完電影。一結束，他莫名插入請求，想要玩手機剛下載不久的賽車生存遊戲。這時，我才懂了，看完書後，他竊笑時，估計已經在盤算這事。

我不反對，但同時提出對應的交易：「我希望你對這部電影，說一個有意義的觀點。不是喜歡而已的看法，需要是有個人觀點的論述。」

夏滿臉果敢，早已準備好答案，幾乎完整口述了他認真觀影的電影故事梗概。請讓我在這僭越描述：

圍棋天才明秀偶然遇到黑社會老大南海。大哥南海從未向人低頭，但遇到明秀，決定向他學習下棋技巧。而明秀不知為何要求加入南海的黑幫組織。這要求卻讓南海開啟了判斷為難的對弈人生。

我抓到夏的一個小辮子。我義正辭嚴指正他說的是故事大綱，並非觀點。

夏又反問我：「觀點，是什麼？」

終於，我揭開壓抑了三小時的情緒，挺直腰桿，解釋就如他自己所說，看完電影要描述出一點「意義」，那一點點的意義，也就是一個人的觀點。

「看完電影，你至少會有一個觀點？」

我下的這一手棋，讓夏的表情扭曲。看他一時無法回答，我有些得意，繼續追加一份父親的驕傲說：「要借我的手機玩遊戲，可以，前提是一個可以說服我的觀點。」

不等夏回答，這次換我加重語氣追話說：「不能只是喜歡，要有意義的觀點。」

這是一場關於意義的拔河。

新手父親我，就是這麼小氣。

未滿九歲的夏，臉皮更加怪異彆扭，不爽的情緒也越來越濃烈，儼然就是「生氣也是一種意義」的污漬小子。

我收拾完餐桌，踢著愉悅的步伐，走回陽臺，繼續未完的菸斗，補上一杯勝利的威士忌，佐配那本精裝原文書。

數分鐘之後，夏到陽臺堵我，認真凝視著我說：「明秀與南海，兩個男生是不同世界的人。不同的人跟不同的人，也可以發展出朋友的友誼。」

我微驚慌，擱置菸斗，一時竟找不到他這一手棋的破綻。我喝口酒，拖延時間，但無法詭辯夏的描述不是具有意義的個人觀點。人生真如圍棋，一步錯，有可能全盤皆……？父子對弈，無須勝負，也沒有真正的勝負。兩人對話，就是開局。第一手，就有三百六十一種選擇。我的每一手，不必複雜，只要專心和夏多多說上幾句話。

能和兒子說上話，對上幾句，不論棋子落點在哪裡，每一步都是當下理想的一步。

認輸之後，作為父親我的下一步？

黑子白子，都是棋子。依約定，我只好暫讓手機，借給他玩賽車生存遊戲。再一次，夏又扳倒我了。他一瞬間笑開嘴，就像一個懂得「笑即是意義」的污漬小子。

四十九分，是因為……

我：聽說……你這次期中考，考很差。
夏：對，國語文考很差。
我：有多差？
夏：只有四十九分。
我：這樣啊。
夏：啊，是怎麼樣？
我：你有想過，為什麼考差了？
夏：會考差是因為……（以下，可以暫時忽略）
我：那要來討論一下？

——二〇一六．四．二十二

夏的某一次期中考結束，隔天成績出來，我明顯感覺到他的焦慮，來自成績特別不好的國語文。估計是全班倒數後三名的分數。妻將成績單交給我時，面無表情說：「國語文四十九分，你兒子是在測驗你的忍耐度吧？」

我只好放下威士忌酒杯，做好心理建設，與夏討論國語文考差的原因。這似乎也是上小學之後，我第一次主動跟他聊聊考試成績的事。對夏來說，我主動要討論「四十九分」這件事，似乎是很有壓力的。

過去，我經常傳遞訊號，說明我對於「考試分數」的看法。我的大意如下——考試錯了沒關係，不過你需要隨後理解，自己找到解答。這次面對問題無法解答，希望下次再面對類似的問題時，你能夠處理好。這樣就可以。

雖沒特別說，我在不在意考試分數。但我確實不在意，他的考試分數。夏能推測出，考試成績的「分數」，一直不是我真的想溝通的主題。日子慢慢過去，他也就漸漸真的不在意他的「考試分數」。這一次的期中定期評量結束，知道成績之後，我想了想，主動提出對話。這當中有些問題，值得進一步討論，我也試著替未來不同領域「考試分數」，尋找可能的對話意義。

於是，「與夏討論為何國語文考差了」——這看似簡單的溝通，突然變得複雜許多。我先向自己丟出一整串的提問：

我是不是疏於管理？

（夏需要我的管理……）

我真的不在意、也不認同成績數字背後的意義？

（如何思索數字背後……）

我突然溝通成績的分數，是否違背了自己最初期待孩子有機會順著興趣學習的初衷？

（順性教育在臺灣目前的處境……）

我要透過哪一種對話脈絡，與夏討論分數的意義？

（過去的對話，是否足以展開這種脈絡……）

這個溝通，要在什麼時間、什麼狀態下進行，才會比較理想？

（家庭會議因過於固定而僵化了……）

我的意見，對此時此刻的他來說，是真的理想而精準的？

（如何推測夏的近未來……）

最後，再問自己一次，針對成績分數的溝通，真的需要？

（是我需要，還是夏有這個需要……）

最後最後，反問自己，我是否有好好凝視屬於夏的個人獨特性？

（我對他的關注真的足夠了……）

想了一輪，再往下追一層，我發現這些自我提問，以及交叉自我反省，如果擴大解釋，都與當下的家庭教育有關，也與當下的學校制度有關。

過去，關於夏就學的學校，我碰過學區問題，思考過升學制度，計畫過是否在家自學的方案，也想過從小單一專業興趣發展的可能性……這些軌跡，都影響了我與夏之間，在家中溝通關於學校的對話。

關於「學校」，有時的難題，卻容易找到解答。有時看似簡單制度的思維算式，我繞了幾圈也還在城堡的迷宮裡，無法找到出口。書寫的此時此刻，我的處境，似乎和夏面對——兒子國語文考差了，父親說那要來討論一下——同樣充滿焦慮、尷尬、無奈、哀怨、還有不少「會考差是因為」這類成人式的說詞藉口。

我從專職新手父親的考試成績暗流，游出，呼吸搶氣。

安靜下來之後，我意識到確實需要跟夏聊聊考試成績的分數，但不是數字幾分的外膜意義，而是分數具有評量測驗的本質。分數，或多或少，依舊是社會場域的一部分，只是換了個說法，變成年終考核、出勤考績、季度評量。未來，分數依舊存在。然而，就像過去日常生活中的減法，我該說該聊該溝通的，不應該大於陪伴他。

這一點，我有自覺，只要把世界倒過來想，就會發現另一個迴向提問——父親陪伴孩子的這門課，考差了。兒子說，需要來討論一下？

陪伴孩子，看似簡單，但在這門定期檢定評量上，大半的父親，如我，可能都經常不及格。考差了？我也沒有特別的好辦法，如果夏苦惱，我就陪他苦惱。如果夏需要找解答，我就先試著和他一起找找解答。等夏再長大些，或許就能坐下來聊聊，如何尋找問題的本質，以及解答的價值是什麼。

父親，不可輕易讓自己脫罪。我依舊需要以反省面對反省。

問題，真的是問題？

解答，真的能解答什麼？

分數，真真切切，在那裡，一直是個象徵。分數可以是數學題：一加一，等於二。分數也可以是思辨題：一加一，不必然等於二。

關乎分數，關乎問題，關乎解答。父親在此，都不合適逞強。

那晚，夏流著眼淚解釋，我認真聆聽他說完始末。我回覆他說：「好的，我知道，你知道自己考差的原因了。這樣就好。其他的問題，不再是問題，你不用難過，也不用擔憂急於尋找只是數字的解答。哭過之後，再慢慢思考，慢慢去尋找。」

當天，說晚安的時刻，我坐在夏的床緣，一邊陪睡，也盡力為他說明——「為什麼」考差了——才是我比較想聊的內容。現在回想，「會考差是因為」這些說詞之後的解釋，真的，以下，可以完全忽略。

夏的首次説服

夏：爸比，我找到下載的方法了。只要先在電腦上，下載一個圈圈應用程式，然後再下載遊戲，再把應用程式刪掉。這樣遊戲就不用錢了。

我：這樣當然不行。

夏：為什麼不行？你不是說，我只能下載免費遊戲。這樣就不用錢了。

我：你這樣做，方法是不對的。

夏：很多人都這樣做，也沒有被抓。

我：這不是有沒有被抓的問題，而是你做的事，行為本身是錯的。

夏：為什麼？

——二〇一六・六・三十

約莫有一整週，夏都主動和我談話。因為他很想下載一款付費的手機遊戲，但我沒有同意。

我和夏深聊，手機遊戲的聲光影音效果，做得很迷人。這個誘人之處，是現實世界不容易快速取得，而手機遊戲提供了這種視覺聽覺繁華、又充滿線上互動挑戰的即時樂趣。遊戲原本就對孩童充滿新奇，成年人也不容易免疫。

我確實擔憂，剛開始意識到遊戲如此魅惑的夏，會過於沉迷耽溺。不過，我一直沒有限制夏接觸手遊，也不覺得可以完全限制。

在夏開始接觸手遊的初期，我和他約定，我只能同意下載免費的手機遊戲，先以試玩的方式接觸遊戲，他還得為我分析遊戲的機關細節，也要思索遊戲關卡為何如此設計與設定。更重要的是，理解一款遊戲在訴說什麼樣的故事進行式。

夏曾經天真描述，他未來的職業就是遊戲電競選手。我不算縱容的縱容，或許是原因之一。

玩手機遊戲，必須先擁有硬體，包含手機、平板電腦、耳機與其他無線藍芽數位產品，都變成了他上網搜尋的器物資料。在小學期間的接觸之初，我沒有讓夏擁有手機與平板電腦。

他曾出二手價，買下我還能使用的 iPhone，我也沒同意賣給他。

關於手遊，我們不斷往來交集探討。夏一直沒完全說服我，反倒一直被我漸層說服——再慢一點，等長大一點，會擁有的，但不是現在。

直到對話這天，三年級的最後一個上學日。夏上半天課之後，回到社區。我去接他，一下校車，他興高采烈跟我分享他發現的可行之道。

我第一時間反駁了他的企圖。當時，我們剛從社區的便利商店，買完我的啤酒和他的汽水，突然生出了一個舉例說明。

「我舉個例。就像我們現在買東西。如果我們繞到便利商店後面，剛好有一個連接倉庫的窗戶。你把窗戶的鎖，撬開來，伸手剛好可以拿到啤酒和汽水。這樣是不是就不用付錢，一樣可以喝到啤酒和汽水。你準備要下載遊戲的過程方法，跟這是一樣的。那你覺得可以這樣做？」我如此為夏解釋。

夏很快意識到這是一個不可行的方法，馬上回應，他決定不下載這款手遊。

漫步走回家的社區階梯上，我持續溝通有關智慧財產權的問題。但是，小學中年級的夏……果然，還無法完全聽懂。

一回到家，他便說：「爸比，我知道你不讓我付錢下載，是擔心我無法控制自己。」

「我覺得使用錢購買手機遊戲這個行為，是一個正式的交易行為。另外，手機遊戲的使用規則，我們也還沒有討論出共識。你現在的年齡，我覺得還太小。付費方式也是由我的信用卡扣款。我擔心你對使用錢還沒有感覺……錢很容易就消失了。」

「爸比，我可以請你先幫我先付款，我再用自己的兩百元給你，去買我想要的遊戲，這樣我就可以感覺到錢消失。遊戲也是下載到你的手機，我要玩，也是要跟你借手機。」

「我擔心你無法控制自己。」

「我可以控制自己。不然，我可以去跳蚤市場，賣東西，賺這兩百元，然後我再付錢給你的信用卡。」

夏和我談論到此，我一時恍神，不確知跳蚤市場打工是哪裡冒出來的招式。我深思了好一會，才正式回覆說：「好，討論到這邊，我覺得你有意識到重點。我不反對，這一次，你可以用這個方法，自己付費，下載這個手機遊戲。不過你未來要完成一項我指定的工作。」

「什麼工作？」

「比如，去社區跳蚤市場擺攤，工作賺自己的零用錢。」

「這個沒問題。我之前有拍片，我自己簽約，很認真工作，有賺到演員費……」

那時，夏剛參與了《High 5 青春制霸》電視劇的拍攝工作。我請他看完契約之後，自己決定是否參與。他決定試試看，也在契約上自己簽名，參與一個陪練籃球的小男孩角色。我因此無語了好一會，也無法反駁夏的說法。

「好。今天，你只要把自己的房間整理乾淨，傍晚我們去練習打籃球。晚上我會和你下載這一款付費的手機遊戲。但我希望你知道，我們討論事情一定要有……」

我還沒講完，夏就接走話說：「我知道，要有共識！」

我再次無語點頭，夏則一臉了然篤定，嘟嘟噥噥低聲幾句，然後走進房間開始打掃整理。

我在客廳，獨自一人，深刻體會——兒子真的是睡著睡著就長大了，父親真的是醒著醒著就老了。

在夏後來的成長過程，為了不在他的手遊世界缺席，我也受邀進入了《傳說對決》的世界。

這是繼大型遊戲機臺、街機、任天堂紅白機之後，我再次踏入電子遊戲世界。我的《傳說對決》，是在一個傍晚，由夏協助我登入。一進場，就感受到虛構的龐大，以及說故事、理解故事的需求與被需求，也是無比複雜。

我先做了人物選擇，做了夏指定要求的練習。一開始，我還是喜歡唯一認識的角色——趙雲。角色練習期間，英雄技能、小兵、血量、必殺技、對方神器、怪物、斬殺、疾走、領取寶物、搶血、觀看戰略地圖……一次又一次，夏陪著我練習。我一直被打爆，夏依舊很有耐心，等待我的角色復活，從塔下再次衝出，和他在戰場會合。

我只是陪夏打了一個晚上，就完全入迷，追著說，我們再來一場。直到被妻喝止，玩遊戲不滿足的蟲，搔癢全身，我和夏一起沮喪著臉，不情願地放下我的手機與向妻借用的手機。

那一夜，我充分理解在這新穎手遊的虛構場域，父親很弱，兒子很強。

玩手機遊戲的時間之腳，快速，我和夏都晚睡了。靠近凌晨時，我躺在夏的床上，陪睡。他興奮和我約定，要一起練習某種類似迴旋勾之類的武器。他不斷幫我分析英雄技能的大招二招三招，直到我的眼皮無比沉重，擋不住瞌睡蟲。我才關了燈。在黑暗裡，夏依偎著我，提醒我，打遊戲和他練足球一樣，要多練習，傳說對決才會進步升級。

那時，我已經如貓呼嚕。在閉上眼、意志委靡之際，夏忽地對我說了入睡前的最後一句話：「爸比，你今天表現得很好。」

父與子的時光計時器

夏：爸比，我覺得，我的時間很少，不夠用。

我：請問……（謹慎以對）是哪一部分的時間？

夏：就各種時間！

我：你說的應該是玩遊戲的時間不夠？（很謹慎，以至於這句話沒有說出口）

夏：所以怎麼樣？

我：你現在，每一天正常上學，下課就回家。週末讀書看電影踢足球，接著重複下一個星期。大家的一星期都是七天，為什麼你會覺得時間少不夠用？

夏：我就是覺得不夠用，才問你。

我：我們之前有聊過運用時間的方法。我說過了，怎麼處理？

夏：分配時間。

我：對。每一天的時間都一樣，不會特別為你增加。如果想多做一件事，該怎麼辦？

夏：重新分配時間。

我：那麼你有把時間切割、重新分配好？

夏：（不悅惱怒）你每次都這樣，又反過來問我。

我：我問你，你就會開始思考啦，這樣不好嗎？

——二〇一六．某個秋日

只記得那時，已經入秋好一會。我辭去雜誌編輯工作，有一小段日子了。待在家的時間變長，與夏相處的時間也膨脹與延伸。我們的日常對話隨著增加，小摩擦也從天花板上掉下來，心底偶爾會有小惱怒……不，更多的是，小感傷。

父之於子的小感傷，多半來自小碎肉末的日常，而這些兒子的微日常，常是父親掛心的全部時光。

接下來，我試著從「約定」進入我與夏的時光。

從夏上小學開始，我便開始與他約定許多小事——除了假日，每天早上要早起，一起當個晨型人。若沒睡飽，我們就聊聊前一晚比較晚睡覺的原因。關於起床，也會不定時地討論賴床與起床氣的問題。

完全居家嘗試專職寫作之後，我開始和自己約定，盡可能幫夏準備早餐，送他去坐校車；與夏約定好，下課之後，幾點幾分在什麼地方等他；接上了他，再一起漫步走路回家。我們在日常平凡的路程裡，認真討論，幾歲幾年級之後，他就可以開始單獨走路返家。

除此之外，我也與夏一再「重複約定」——回家第一件事，先完成學校功課，然後閱讀，之後一起晚餐。每天，盡量閱讀學校文本以外的書籍，超過半個小時。可以是《小王子》、《夏先生的故事》、《發條鐘》。我們一起晚餐時，可以選一部電影一起看，一起聊聊看完後的感想。十點前，準時上床睡覺。週末有空，一起玩Nerf槍對戰，最多一小時（個人體力考量）。假日時，有另一重要行程是，參與足球社團的固定練習。沒有足球聯賽盃賽的假日，若不想讀文字書，那就一起看手塚治虫的漫畫版《透明人》，刺探故事中的善與惡，以及如何去愛一個人。接下來，我可能會為他選讀青春熱血的《鐵馬頑童》，自己也可以重讀回味……這些，幾乎就是夏整個小學期間家居生活的複寫。

在沒有特別目的的前提下，我和夏，也以父子約定的方式，聊了許多日常裡的小事。一開始，我沒有自覺意識，我們持續重複討論著某幾件日常瑣碎。我現在理解，沒有特殊原因卻重複做著的某一件事，其實是重要事。即便它一開始不是，一再重複之後，扎實落地，便出現生活的重量。

如此的日子，重複的聊聊，像似植入意識，也像似行為塑造。

我也反思過，植入與塑造可能是無意識的制約，也是父親對兒子的掌控。

關於此，我想起楊力州導演的《紅盒子》。這是以掌中戲國寶藝師陳錫煌先生為電影主角的紀錄片。他是臺灣布袋戲大師李天祿先生入贅陳家所生的異姓長子。在幾乎和父親離世時一樣的年歲之後，陳錫煌先生帶走一只紅盒子裡的戲神田都元帥，離開了家族戲團，為臺灣傳統布袋戲再往前走一步。

我沉靜下來拿捏故事的隱喻。陳錫煌先生沒有獲得父親的姓氏，卻承繼了李天祿先生的手掌所掌握的一切技藝。兒子是父親的掌中偶？抑或，父親才是兒子的戲中角？在這部紀實影像的故事裡，留下了耐人尋問的蛛絲。私以為，這是近十年來，描述父子情感糾葛最為深刻的臺灣紀錄片。總愛偷偷哭泣的我，觀看《紅盒子》時，看得滿臉淚水，久久不能自已。不斷被紀錄敘事回扣自身的內在角色——我曾是另一個父親的兒子，也已是某一個兒子的父親。

時序走渡光河之後，父與子，誰是另一個人掌控的手中偶？制約與掌控，父子皆是彼此的偶。我與夏試著共同執行日常對話的結果，不單單是對他的捏塑，對我的反作用力，更像是黏土浸濕之後的重製。

一位成為父親之後的成年人，過往定型的行為模式，不容易重製改變？我的答覆是否定的。

我的舊有思維與慣性行為，隨著夏的成長，不斷發生嫁接。夏是接穗，我是砧木。我們有各自的形成層組織，彼此接觸。父與子嫁接之後，我與夏的時光計時器，共有的與個別的，長年下來在各自的身體深處，靜默地由彼此打造著彼此。然後，我們等待，看能否生長更甜美的果實。

果實需要等待陽光、等待水、等待如此等待本身。在生長出水分糖分都飽和的果實之前，父子兩兩都必須好好活。就是追求這樣的活，想要的日常，逐漸追加，再累積成為有蜜的內核。

如此複雜的父子日常？

平凡無事，一直以來都不是輕鬆的事。

現在回想這些由社區山風吹拂而來的點點滴滴，我都在重複進行一件小事：不停重新分配與夏一起生活的所有時間。

父與子的時光，也是可以有效切割，理想分配。

分配時間，這件小事，是我為了持續寫作小說，同時因應過去繁多工作，長年累積下來的個人生活慣性。在不知不覺中，卻偷渡到兒子夏的日常，也成為他管理自己生活的守則之一。

在購買 iPad 之後，夏有時真的會用內建的計時器，以定時方式，分配閱讀與玩遊戲的時間。

我不確定，如此規定各種時間長短，對於夏，是否有意義？我沒有答案。

經過數年的時間分配練習，直到上中學。現在，夏會開始自行切割自己的時間，應付他的繁多事務。

切割之後的小批次時光，是否變得更短了？夏的時間，是否轉變成，每天的「日」，或者更短一個單位的「小時」？

初步來看，「一份時間」的長度，確實變短了。但最後會發現，分配時間的結果不是獲得更細緻的時間段落，而是從切割日常時間的練習，發現分配未來長遠時間的能力。

之於我，最初先是每日，然後每週，當作時間計算的單位。夏應該也有機會發現，面對某些事，某些人，某些目標，需要以月和年，作為計算單位。

我試著舉例自己：與兒子說話、愛另一個人、寫小說……都是以年作單位。

父親，這個身分的人，也是兒子以年做單位計量凝視時間的標靶。

一年接續一年，陪伴夏的時間越長，就越覺得，我和他共有的時間，實在……有點少，真的不夠用。

這一點點敏感的情緒，按照夏的描述就是：爸比，你這樣很弱。

孩童夏的時光，差不多要結束了。少年夏的時光已經開始走一小段。之後，應該也會有少男夏的下一段時光。擔任他父親職務的我，其實有些恐慌——我還不知道未來那樣的時光，我需要什麼樣的計時器，才能理想地重新分配我們的父子時光。

關於做自己身體計時器的這項功課，我也還持續在身體裡組裝各式開關。

面對夏，我擔任父親才剛開始，也只是第一個十年，未來持續對話，或許有機會成為一個及格的父親。此外，我還有一個人需要獨自對話——每一晚，在夏入睡之後，我得倒一杯威士忌，翻開記事本，打開電腦，開始讀，開始寫，開始計時我分配給自己的時光。

人生路上，沒什麼公不公平

夏：今天的足球比賽，不公平。

我：哪裡不公平？

夏：他們六年級，我們四年級！

我：這是最公平的地方了。

夏：哪裡公平？

我：你們踢學長，結果輸了，這很正常也很合理，不是嗎？

——二〇一六．十二．十

這天，學校課後社團的足球教練，安排了一場混齡的練習賽。夏當時參與的小學足球社團，叫黑豹足球隊，八人制足球，主要由四年級的小選手組成U10隊伍。這次練習賽，學弟組隊，對抗五六年級學長組成的U12。

出發前往國小學校足球場的車上，我和夏討論，今天是和高年級學長的練習賽，盡力發揮平日的練習就好。他點頭如搗蒜，似乎了然於心，看似完全理解。果然，第一場，〇比四，輸了。接著，夏的黑豹足球隊，一場接一場，被U12的學長們，一路修理到底。

夏自己正式的說詞是：「被學長電爆了。」

輸一場，可以接受。輸兩場，心情不美麗。輸三場，夏立即體會，人都無法接受一直輸的事實。一連輸球之後，他強烈表達心中的輕微不爽，認定這樣的比賽安排，並不公平。

面對夏的憤憤不平，我心想：

討論公平與否的基準在哪裡？

在各種競賽或充滿競爭的世界裡，是否真有公平的原點？

是否真的需要討論——公平與否？

在夏火氣朵朵冒的第一時間，我沒有提出這些問題。

夏在足球運動上，有明顯的好勝心。贏球時，情緒高漲，完全不掩飾開心的笑。他也會熱情與同隊夥伴擊掌擁抱。輸球，和多數不甘心的小選手們一起落淚，而且經常有情感的餘震。當其他小選手都開始玩手機遊戲，慢慢舒緩情緒壓力了，他還在悶頭擦眼淚，遲遲不願意服輸。

夏會經常想著，這一場為何沒有贏球，開始檢討這檢討那，再擠幾滴眼淚，依舊不願意接受已發生的結果。這情緒反應，很自然也很正常。通常要過一小陣子，比如吃過便當，或者完全投入手遊之後，他才會走出情緒，重新加入夥伴的隊伍。

小學高年級時，有一陣子，夏因為自我情緒管理問題，影響到足球的團隊默契，我和他嚴肅深談，是否要退出足球隊，重新再來。對話的結論是，他捨不得與一路拚過來的小隊友們分開，會開始慢慢修正自己的情緒管理。

足球原本就是一項肢體經常衝撞的運動。運動員不容易沒有火氣。激烈的瘋狂，經常是奔跑時的必要心理狀態。踢足球不能沒有火，也不能亂點火——為了理解這其中的差別意義，十歲的夏在心理球場的中場線，來來回回，約莫半年，才逐漸能夠處理那些突然爆衝的憤怒，把火氣轉為踢足球的爆發力。

我觀察到夏的糾結，不真正是輸球贏球的勝負，而是公平與否的問題。勝負，已經是他可以快速接受與消化的結果事實。但那時的他，還無法完全釐清對於「公平存異」的歧見。

小學時的夏，一直沒能接受一個事實問題：為什麼會有先存的不公平？某某某長那麼高大，有點不公平。某某某為什麼可以有手機，有點不公平。隊伍小選手分隊的組成安排，實力懸殊，有點不公平。老師特別照顧了誰，也有點不公平……

這些必然且常態不公平，是夏理解世界時發現的困擾，也是橫在輸贏勝負前頭，他需要跨越的跨欄。即便成年的我，依舊在面對「公平存異」時，需要反省自己的心境與困境。公平與否？這是一個成長路上的疑惑，而且一直都在，也是生活之路的壓力課，也會在日常裡持續發生。

也因如此，我才對夏說，低年級踢高年級，是越級打怪，輸了很正常，贏了，對學長們才不公平……不是嗎？不是的。

如此回問，已然矛盾。如果在意的是公平與否問題，反而容易反向思考。日常生活，並沒有真正的完全公平，也就沒有真正可以被界分的公平本質。完全公平這件事，自始自終都不存在，也不需要有。這或也是保留異質與多樣性共存的意義。人生路上，公平無標準，一直都是存異。勝負原本只是結果，而看似存在的公平與否，可能是個假議題。

記得對話當時，聽我說完「結果輸了很正常很合理」，突然掉入我反問洞穴裡的夏，無語沉思數秒的時光，隨後好像突然懂了，笑了一下。

兒子懂得淺淺一笑的意義，父親也就能微笑以對。

在不久前的記憶中，我也曾對夏說，任何兩兩相對的討論，只有立場，沒有什麼公不公平的。在那路上，若有想要的那人那事那物，就自己爭取。盡力之後，也就可以隨時輕輕放下了。

我為什麼不能相信？

夏：爸比，我跟你說，娃娃機在使用一定次數之後，就一定會夾中娃娃。

我：這個依據是從哪裡來的？

夏：YouTube 的影片。我看到的。

我：你相信影片裡頭說的？

夏：那個 YouTuber 真的很紅。

我：很紅……你就沒有懷疑，真的相信了？

夏：我為什麼不能相信？

——二〇一八．一．十七

那天傍晚，夏與我和妻搭捷運前往西門町去看一部電影。經過夾娃娃機的商店，夏往裡頭好奇探頭，突然跟我聊起了這件事——夾娃娃機在有人投幣使用一定次數之後，就一定會夾中娃娃。

夾娃娃機，真的是可以設定的？

如果真實如此，那設定好的次數，確實給了夏某種「一定可以夾到娃娃」的希望。反過來說，設定好的次數，也就等於設定的陷阱。

如果一百次使用之中，可以肯定會有一次夾中贈品，那麼九十九次機械爪「必然鬆脫」的意義，是什麼？

面對新一波夾娃娃機的逆襲潮流，距離青春很遠的我，其實不懂。

接下來走往電影院的途中，我們在問與答之間迷途，討論著 YouTube 影片的內容真實度，以及訊息可信度。我一直保持懷疑，夏則認為在平臺上看見的影音，是事實。夏選擇了相信，或者，他願意相信自己選擇的內容。

隨後，我們觸及了這份相信的背後藏有——YouTuber 很有名氣，以及大量點閱率——這兩道訊息。

據此，我推論出一個荒誕的等式：

很有名氣，等於事實。

大量點閱率，等於事實。

名氣與點閱率，等於孩童驗證外部世界事實的依憑工具。

這或許是帶有偏見的個人臆測，但確實令我感到一陣驚悚。一時間，我無法說服夏改變認知。我們最後勉強達成一個不算共識的階段性共識，也是夏自己給出的一個論述：

「爸比，你不用跟我一樣相信！你不用相信 YouTube，也可以懷疑 YouTuber。我可以自己相信這件事。這樣就好。」

夏的結論，發生在電影購票口。我啞口無言。如常，我先選擇噤聲靜默，帶著輕微的焦慮，一同進影院觀看電影《歡迎光臨奇幻城堡》（*The Florida Project*）。

夏與我討論娃娃機設定成功機率的對話，在西門町的巨大暗房裡，生出了一則隱喻問題——我們能否相信我們所看見的？

這一路走著時的討論，擾動了我的觀影專注。電影一開始，孩童演員之間的互動，反倒很快抓住了夏的目光。他幾乎以屁股只坐半個座墊的高度專注，觀看這部電影。中間幾段孩童無比天真的表演，或者應該說，那不全然是表演，而是孩童演員們在一個「大指示」的自然表態。他們的表演互動，無比自然，真的很難想像，那是寫給演員說出口用以演戲的劇本臺詞。

這又發生了一條鏈狀的設定思索：

表演指導設定了孩童。

娃娃機設定了孩童。

YouTube(r) 設定了孩童。

這部電影，可以簡單描述為：在一處紫色的異境旅館裡，大量上演不同種族的美國邊緣人的日常生活。有幾個瞬間，極度諷刺地，美國夢被這部電影刺得體無完膚。凋零、邊陲、異質的觀影感覺，一直籠罩著我。親子之間、人際疏離……這些典型的議論點，突然間，對我都不再重要。

我面對著巨大、發亮、動態的屏幕，只關注著一件事：

一如那些夏曾經看過的 YouTube 影片，十一歲的他，會如何判讀這部電影的敘事內容與影像訊息？

至少有七、八次，在觀眾不多的電影院裡，夏一臉不可思議，轉頭看著我，小聲提問有關《歡迎光臨奇幻城堡》的疑惑。這些問題，多半複雜，存介成人世界的曖昧，沒有一個設定好的標準答案，也就沒有一個容易回答。

故事，看見電影的，由電影看見的，都像極了人生，充滿選擇，也都是選擇。

電影裡的演員，不論多麼自然，多麼擬真，為戲劇進行的聲音、表情、行為，都需要被視為：表演——存介設定。這當然也是虛構敘事的另一種呈現。虛構的故事之所以被接受，多半是因為相信了其中的設定。

「我可以自己相信這件事」——這一點，夏已經可以從觀影者的視角來思考。然而，YouTube 影片裡的 YouTuber，也是另一類的演員，也在進行一種設定表演。那可以是故事行銷，也可能關乎虛構。這一點，夏是否也能選擇更客觀的審思視角？這回覆，我和夏也需要給彼此多一點居家觀察期。

電影之後，我們在西門町漫步。

我說：「看完這部電影，你有什麼想法？」

夏說：「有點複雜。」

我說：「故事很複雜？」

夏說：「是感覺，很複雜。」

我說：「是感覺上的複雜喔。那你覺得電影裡的幾個小孩演員，給你什麼樣的感覺？」

夏突然怪異地苦笑，帶有少許害羞說：「他們很懂得苦中作樂。」

我有小驚訝，夏使用了「苦中作樂」這個描述，但幾乎能立即理解他的觀影感受。那些表演中的孩童，宛如娃娃機裡的娃娃們，在設定好的次數裡，等待著觀眾。

這部電影為夏設定了——孩童式苦中作樂——這感覺，後來延宕了許久。迄今，我依舊驚訝這部電影會給身為父母的觀眾，帶來何種衝擊？

我接著問夏：「你覺得，這部電影最奇怪的地方是哪裡？」

夏毫不猶豫，以問題的方式，反問我：「結尾很奇怪。導演為什麼要這樣拍？」

這個由透明壓克力框住的世界，本身就是一場設定。

我也無比好奇，這部電影的結尾，導演如此處理的企圖。故事結尾，我不在這裡破哏。《歡迎光臨奇幻城堡》有機會跨越時間的溝，故事雖從母女出發，但值得父親陪兒子一起看。

如果你也願意選擇相信，不論聊聊的下一句設定如何，歡迎光臨，一起進入孩童帶給成人世界的奇幻城堡。

老師是同志，你有關係嗎？

夏：如果我的老師是同志，有關係嗎？

我：如果你的老師是同志，你有關係嗎？

夏：沒有關係。

我：是的，沒有關係。

——二〇一八·十一·二十五

我會一直記著，與夏討論這個議題的對話。

那一天，夏剛升上五年級不久。

放學回家之後，他認真問了我一個問題：「爸比，同志是什麼意思？」

我回問他：「怎麼會想要跟我討論這個問題？」

夏很謹慎也專注回覆，高年級的學校班導師，換了一位男老師。這位老師的個人電腦上，貼了許多支持同志的口號貼紙。夏一時間不太確定怎麼思考這個訊號。我很快與他提及，過去曾經一起見面吃飯的幾位朋友。

我說：「那次一起吃飯的那兩位姊姊，是女同志。你見過面的那位叔叔，是男同志。」

夏第一時間，懂了，發出了一聲喔的長音。

他接續追問——如果我的老師是同志，有關係嗎？——那一刻，我隱約理解了他可能的擔憂。

在一次帶夏參與同志遊行活動時，有關同性戀的性別討論，應該已先存於夏的基礎理解。在後來的生活裡，我們也會遇見我的同志朋友們。居家時，我們也經常頻繁討論性別自覺與同性婚姻在臺灣的進步思維。性別議題，夏並不陌生。我推想，夏擔憂的不是老師「是不是」

同志的問題，而是「如果」老師是同志的這件事。

這份「如果」的不確定性，讓他處在一個行動不明朗的狀態。小學五年級的夏，應該還無法判斷，是否合適主動與那位新任班導師，直接討論性別的身分認知。

主動與直接——這兩種行動思維，我經常請夏在家庭以外的領域，試著自己嘗試去做。

我反問夏，如果，你的老師是同志，你有關係嗎？

夏沒有猶豫，給了我一個爽快與明確的答覆。

這一點讓我感覺安慰。父親我想對兒子夏說一聲，班導師是不是同志，不是問題。他就是你在學校的老師，他會帶給你不只是知識，也會有爭執、責難與苦處。

老師和學生，都是最小單位個體的一個人。

我們是以什麼樣的姿態，又具備什麼樣的立場，禁止一個人喜愛另一個人，只因為性別？作為人，我們沒有差異。性別不是分野，身邊任何與你長時間共處生活的人，都是與你交集時光的共有者，需要珍惜也值得珍惜。

作為父親，我和夏說過：「未來，我會深愛你所愛的，不論對象是她，還是他。」

現在回想起來，依稀記得，我也曾經和母親聊過同性戀的話題。

那時，同志的身分認同與同性婚姻合法與否的爭議仍在。母親的表情曖昧，也有無法理解的憂慮。這是母親的成長教育給她的價值觀，我十分理解，一如夏的成長環境裡，認知性別平權，是臺灣同志運動多年努力之後、成長教育給予這座島嶼的一環。

我覺得母親幽微與曖昧的笑，其實很可愛——母親是老了之後，才開始學習面對我這個丟問題給她思考的兒子。

直到母親無比深愛的孫子夏誕生之後，我又與她再度聊到：「如果……你的孫子夏，是同性戀，喜歡的人是男生，妳會怎麼想？」

這時，司法院大法官釋字第七四八號解釋文，已經公布一年多，也完成了全國性公投，通過另立專法，以法律保障同性婚姻制度的合法性。

面對我的提問，年老之後才經歷這陣浪潮的母親，已經懂得更多一些微笑。隨後，她告訴我，不管怎麼樣，她都希望夏要過得快樂。

這樣的母親，之於我，和臺灣一樣的。母親的認知，一直隨著環境持續改變。臺灣這片土地的改變，也不斷發生著下一步。雖比我期待的緩慢些，但改變的軌跡與事實，在母親的沃壤泥層裡，持續作用，持續帶領所有如我一般的兒子往前。

對於臺灣的改變，時有擔憂，也爾有微怒，但我一直都不灰心。我只是一個人。我會選擇一個人有機會改變的事，持續往前，持續作用。我常調侃自己是法律系畢業的逃兵，即便如此，我依舊會持續思考法律該有的真實價值與存在意義。

即便，只是為了少數——不論是語言、小說，還是所愛。

我可以試著以自己出發，像是某種單位，多做一些，少說一些，並持續與夏討論，關於性別平等的價值，不論學校教育帶給了他什麼。

每個人都曾經是矮個子

夏：我覺得自己好沒用……我是不是很沒用？

我：從我開始跟你說話討論，什麼時候，我希望你把自己當成一個沒用的人？

夏：沒有。

我：那你為什麼覺得自己沒用？

夏：因為我很害怕……

——二〇二〇・暑假・某日

在一場俱樂部 U15 青年足球聯賽結束之後的返家路上，我與夏進行了這段對話。也是這個暑假，夏剛從小學畢業，加入新足球俱樂部 TCLS。他在車後座哽咽流淚，許久之後，才慢慢緩和平靜。

汽車在高架橋上穩定行駛，我意識到，夏已經有一段時間沒有因為足球運動的挫敗感而落淚。

在這段對話之前，我們討論著近期他在足球場上遭遇的小門檻：如何面對比自己更加高大強壯的對手？

在十一人制的正式足球賽事，參與新球隊初期，夏常被教練團安排在右邊鋒。越過中場之後，他需要沿著邊線盤帶，並與前鋒、進攻中場共同組織傳導，進攻對方球門。無可避免，必然與高大強壯的敵對後衛，彼此對峙。

面對隨之而來劇烈衝撞的恐懼，夏有好長一段時間，不敢盤球帶球，都是以一腳球，第一時間將球處理給前鋒。但不足成熟的觸球與控球，往往無法有效傳中，協助進攻。面對更大的球場，面對更多學長夥伴，多次嘗試不成功，轉身往回奔跑防守之後，又帶給夏更多憂慮。

在俱樂部 U15 的青年聯賽裡，國中七年級的夏必須面對九年級的對手。他心中有許多憂慮，害怕自己纖細的身體，無法有效對抗高速奔馳時的衝撞。這恐懼不單是面對高年級生，即便是在同年齡的足球小選手裡，夏的身材，也是較為細瘦。

小時候的我，也是如此，瘦瘦小小矮矮。

成長到國中，我依舊是矮個子，直到上高中了，才稍稍拉高。在身體啟蒙期間，矮個子問題，為我引來自卑。同樣的自我否定情緒，是否也發生在夏的心室暗房？關於面對自身不足而產生的卑微感，這是我尚未與他正式觸及的話題。未來，應該需要更多時間為此進行對話。

因矮個子的事，我想起了我們會一起觀看的韓國綜藝節目：《Running Man》。夏喜歡其中一位節目主持人哈哈（河東勳）。哈哈同時也是韓國的歌手，他在節目裡曾創作過一首雷鬼風格的歌：〈矮個子小鬼的故事〉。夏曾經多次提及，他能聽懂哈哈的這首歌。現在回想，不免聯想，或許在更久之前，夏在聆聽這首歌時，就已經發現自己與哈哈相類似的幽微之處，發生一次難以言說的深刻共鳴。

一位尚未及格的新手父親，我，忽略了他理解歌詞中「不會死／我不會死的／因為我是矮個子小鬼」的隱晦時光。

不單是韓國藝人哈哈，約莫也是在小學畢業前後，我和夏都喜愛的美國歌手，火星人布魯諾，也是一位矮個子。國一期間，我和他一起熱衷的日本動漫《排球少年》中的主角，烏野高中排球隊的最強誘餌，日向翔陽，除了天然呆，他也是一名矮個子的排球選手。

我隱約發現，夏在這些人與角色身上，發現了此時自己矮個子的處境。

猶記得，那日在車上落淚之後，我們返家時已經晚了，如常吃著我的家常菜，如常一家人說話聊天。

眼睛濕潤微紅的夏，也依舊微笑，討論我們正觀看的電影。我已經忘了是哪部電影，但在一個突兀的夜間時刻，沒有前後話題接應，夏忽然嚴肅認真對我說：「你不用管我，我會自己想辦法，跨過那個門檻。」

這是夏第一次主動提出，決定自己面對他無法跨越的柵欄。這彷彿像似成長，但我沒有任何一絲喜悅。在不確知的時光裡，必然有某些如同歌詞的「兒子訊號」，被我忽略了。我忽略了的，應該更多。

父親，真是一種容易忽略他人的怪異身分。

其後，我多次聆聽哈哈的〈矮個子小鬼的故事〉。重複聆聽，依舊覺得那哼哼哈哈之間，存有博鬥奮戰的正面意義，只是在兒子緩慢長高的路上，有多少夏心底的歌詞，是我沒能即時聆聽到？即便，夏對我說，我也聆聽了，但諸多現實的艱難時刻，我可能遲鈍的心緒，能否真實聽見夏的真實靜謐之語？

書寫的近日，我確認了自己的反思：

可能在某次對話裡，我與夏的談論方式與內容，讓他覺得自己沒用；也可能是我對夏的成長期待，讓他隱藏了「自己可能是一個沒用的人」的心緒。

不論前者或後者，都不是一場輕鬆的父式深蹲。

那麼，就像一個父親，開始反省自己身為父親這個角色的人設。

我回憶起逝世不久的父親。他是與我截然不同的另一種固執的父親。若他還在世，聽見我說——我覺得自己好沒用——如此話語，一輩子都剛性火烈的他，會怎麼回覆我？

父親估計會忍不住給我一個火辣辣的巴掌。

此時的我，不會再獲得父親的另一句話。但未來的我，可以怎麼回覆夏？

——因為我很害怕？

我也曾經面臨夏這樣的時刻。在許多無力改變而恐懼的時刻，真切發現寫者的侷限，而深深覺得自己可能是一個沒用的人。不過，即使有一半的地球都走入夜間，太陽依舊照耀著另外半顆地球。

誕生於夏天的兒子啊，不論時光流過多少，請牢記在這個身高所能感受的一切。因為每一個人都曾經是矮個子。現在，你在矮個子時期凝視世界的角度，是我不論如何深蹲，都無法再次贖回的美好時光。

中年危機巧遇青春期

我：我最近對你比較嚴格，有時候比較急躁，聽起來像是生氣。這是我自己的問題，不過我想請你體諒這一點。

夏：（神情嚴肅）好。

我：我現在跟你道歉。之後，如果你發現我情緒跟口語都過於嚴厲，就提醒我。如果你不想和我說話，我們可以打字，在Line上面討論。

夏：不用說話討論了？

我：如果你願意，我還是希望能面對面，說說話。

夏：好，我知道了。

我：我只是想，透過文字，可以避免爭執當下的不愉快。你覺得呢？

夏：我們還是用聊天討論好了……（神情嚴肅）我希望，這只是你中年危機造成的。

我：我的中年危機……為什麼？

——二〇二〇．某個秋日

夏熟成的速度加快了。

二〇二〇年的年末開始，更加明朗與清晰。

兒子突然長大了——認真回想，這個感受是從二〇一九年的年初開始，一直延續到二〇二〇年上中學前的暑假。這段時光，我和夏依舊持續聊天對話，只不過兩人都走得跌跌撞撞，許多值得寫下紀錄，但因夏執著的意念，我選擇將那些父子話語，留在心底那片植有一片柔軟草皮的隱密牆角。

我的回憶流光，夏快速熟成的主要導因事件，可能有二。

一是，小學五年級時，夏與新任班導師有比較嚴重的溝通困難。僵持有一整個學期之久。

試著與成年人對話，尋找你需要的協助——這是我長時間請夏在家庭生活之外落實執行的約定。也因此，當無法順利對話時，夏便落入思索困境。直到上六年級，換了另一位班導師，夏的這個對話困境才慢慢重新爬梳展開。雖如此，五年級的班導師也為夏開啟了迴異的另一種溝通思維。

二是，在溝通的困境之後，夏意識到我在臉書上記錄的生活對話，之於他有揭露感。夏希望我在書寫與他有關的臉書文時，能徵求他的同意。在他閱讀過後，再由他判斷是否可以上傳。他的主動要求，沒有任何冒犯，反而讓我覺得寬心。我尊重他表達的想法，以保持私密對話的意願，立即停止我在臉書上的對話記錄。此後，我與夏的日常對話，都發生在親密的家庭談話時光，儲存為記憶的基石。

夏是在這樣的時光曲流，忽地長大了幾分。

從孩童邁向少年的成長，僅是一小步，也必然有代價。夏開始長青春痘，說話聲線也如鴨鳴，開始變聲。由七年級往八年級的這一年，突然拔高了近十公分。第二性徵出現之後，伴隨而來的青春期症頭之一，是夏開始頻頻質問我，為何對他變得更為嚴格？

從小學三、四年級開始，若與夏發生摩擦，我大多決定當下，面對面，坐下來把事情攤開來討論。我以聊天模式，開啟這五、六年來的溝通時機點。但在這一年乾冷的臘月，我開始改變過去的想法。

發生前述的對話，導因於夏傳給我的一支影片——內容是有關如何分段深層睡眠，以便增加醒著的時間，好完成更多事務。

夏是在網路上自由瀏覽時，發現了這支影片，帶著愉悅的心情傳給我。但我看完後，卻對這影片描述的方式與可疑的實際例證，生出不同的思索。

我擔憂關於網路瀏覽的自由度問題。過去，我未曾限制夏的網路瀏覽使用，主要是在影像年代，不存在完全限制的可能。另一部分是觀看影片傳遞的訊息時，夏是否可以進一步對網路資訊保有懷疑態度，以及查證的深思審視。

這類事件經常發生，也依舊存介在父子的日常。

面對夏的直接質問，我確定需要調整的人，應該是我。

夏已經熟成抵達我需要重新尋找對話時機與溝通媒介的年齡。

發生對話的這天早晨，我泡了咖啡，夏為自己做了不小心燒焦半邊的玉米蛋餅。我們在早餐中啟動談話。

日前我對他分享的影片，有些質疑與批評。為此，我先正式向他致歉。一輪辯證攻防之後，我們達成新的共識，除了保留面對面對話，完全不想口說的、或無法聊天以對的事務，我們再試著使用 Line，以文字溝通。若透過文字，可以達成共識，就持續使用文字，若因此碰到全新的問題，再來一起煮早餐，討論下一個解決方案。

這樣的運作，持續到書寫的當下。期間我反省著，不論年齡，每個人都會有不想與另一個人說話的時刻，也需要獨處時光。

然而幸運地，我們迄今幾乎還維繫著面對面，說話聊天，談談各自覺得重要的日常小事。夏將我的嚴格說教，歸咎為中年危機的副作用，最引動我的好奇。

我追問夏，為什麼會認為我的叨叨絮絮，是中年危機造成的？

他不假思索回應，自爺爺去世之後，我經常清晨時獨自一人去長跑，有點瘋狂爬大山，一定是發生中年危機了。

如此推演論述的方式，看似有脈絡原理，也存有矛盾悖論。

夏表述完，我心底又多了一陣翻攪。這些亂糟糟的雜念，是因為中年危機？還是因為父親的消逝？或者，是我意識到了自身的初老與死？

面對那個說明分段睡眠的影片時，我的焦躁，應該也類似如此。

我還沒來得及追問他理解的中年危機，是否有上網看資料、做點研究。夏很快回應說，如果只是中年危機，那就趕緊來。中年男人都會有一段中年危機，早點來，也就早點過去。夏特別提醒我，過一陣子，他的青春期來了，他可能會更叛逆。如果我的中年危機還沒過去，父與子一定會強碰。

我上下左右反省過一遍，面對青春期前段火氣的少年夏，得出一個近似結論的想法——一個父親，得在自己擔任新手父親的挫敗身影上，才能發現比自己更為強悍的兒子。

我如此反省，但夏最後這一記回馬槍，真是滿溢了青春啊。

青春煩惱的始點？

夏——

今天早上搭乘突然想到的一段小文章：「天空呈現朦朧的淡藍色，心情轉向憂鬱，從車內往窗外看，雨滴讓樸實無華的天空顯得更加有趣，細看雨滴中的我，正在打這篇文字：『攀附在電線桿上的藤蔓，如同攀在心上，糾纏不清。人生如同電線，在無數電線桿中難免遇到藤蔓。』」

我——

夏，一早起來看見你的文字，十分優美。文字很有感，也與你過去較為稚氣的文字不一樣了。你正在慢慢地成長。你所寫的「電線與藤蔓糾纏的意象」，就像是此時此刻的你，繁雜且豐富，充滿青春力量地生長與糾纏。用心感受這個年齡帶給你的養分，尋找屬於你的方式，將這些想像與感受，化為故事創造出來。

——二〇二〇．十二．二十五

這天早上，夏以手機記錄了上述文字，上傳到Line的家庭群組。這一篇文字，是他認真以打字的形式，進行的對話。如此依憑抒情的感覺寫字，很少有，也不常見。夏現在的文字，多半也還有濃濃的稚氣。書寫這篇記憶的當下，我回到Line平臺進行搜尋，藉由科技之便，精準記錄了這天是二〇二〇年十二月二十五日的聖誕節，以及他搭乘公車的時間。

這段短文，是二〇二〇年，夏寫在家庭群組裡最為抒情的一段文字，同時引起我的聯想——該是時候了，夏正式進入青春期了。

我偶爾思考，少年，是在何時意識到，青春（期）開始了？

我已經遺忘自己的部分，但暗暗推測，坐在社區發車的公車裡，夏為這一段心情打字的時間點，可以視為青春的「始點」。

為何？因為少年眼中的天空朦朧，心情轉為憂鬱，細細看著雨滴落下，開始打字，開始描述。十三歲那時的我，若天空朦朧，又得坐公車，必然是打瞌睡最好的時光。不解風情的父親，還發現另外一點——電線桿上的電線遭遇藤蔓纏繞，不就是山居歲月最自然的事？不論是電線纏藤蔓，還是藤蔓纏電線，都是日常一景，心情憂鬱是為了哪樁事、哪個女孩？

當然，以上我草率嬉戲的表達，實是反省文。反省我自己年少時，沒能在坐公車上學路途，悟道青春；也反省我人生的電線，沒有遇到藤蔓，沒有糾結纏繞，以至於虛度了美好的青春。

我應該是青春開始得比較晚的那類人。若與稍稍早熟的夏對比，不免俗地說：「現在孩子的青春，容易熟！」

我清楚記得，第一時間看見夏的 Line 留言時，當下情緒如何澎湃，如何感動。孩童如夏，剛觸及了他自己的少年，也試著透過文字，傳遞給我，為我描述另一個兒子的樣貌。

我把這段文字視為聊聊的父子溝通。

為此，我有些驕傲，有感自己能像一位朋友那樣，成為兒子夏的父親。

只不過，擔憂的雪球，快速滾落山稜。在此之後，夏與我之間的距離，會開始越來越遠了。對此，我有警覺。新手父親的試用期，已經快要結束。接下來，就是讓父親無所遁逃的兒子青春期。

擔任新手父親，任性且開心的日子，恐怕不長了。

我中年的天空，也會開始朦朧，也會呈現淡藍色，思緒更是會轉為焦慮。我發現，現在的自己，應該是夏在Line留言裡的「電線桿」。我得挺直脊椎，撐住久坐痠痛的腰，拉緊電線，也撐住自然糾纏的藤蔓，以便在男孩轉身為少年的路程上，繼續通電傳導。

兒子的青春（期）開始了，那真是好……

夏的青春（期），一旦鳴槍開始跑，我最好也開始向他學習，除了繼續父式深蹲，繼續聊聊，也需要在Line家庭群組專注打字留言，準備父與子的下一個談話階段。

不久之後，夏可能邁向高中，一瞬間就成為多數的青少年，也是另一個單一的兒子。夏正準備離開那顆B612號行星。下一趟旅行，會在哪個星球？這個編號未知的行星，使用哪種語言，才能理想地與兒子一同說說話？

父親啊，我，如此期盼著，能以望遠鏡聽見那未知星球上的話語。

附錄

缺席者之歌

〈缺席者之歌〉是我與夏一次延長了說話時光的對話。

這場對話發生在二〇一九年十一月，夏就讀臺北市民族實驗國民中學時的秋假。秋假中，有三天的時間，我們一家人前往墾丁，在溫暖的島國南方，進行了這次接力式的談話。妻錄音，並將我們的父子對話，整理為文字，刊登在二〇一九年十二月號的《印刻文學生活誌》。

在此說明，也特別標示出那次談話的時間，是因為在同年更早些時候的十月底，中風多年的父親，在一次跌倒意外後離世。在我們往南行駛的高速公路之前，我意識到這次談話，可能會直面死亡，以及逝世的親者。

我原本以為這場對話不能定義為日常的聊聊。時震引動審思，我才緩緩意識到，拉長了時光，自己持續關注與思索的性、愛、死亡與政治，或才是永恆的小事。

時光停止流動時，這些不斷發生也重複的小事，也是具有微意義的日常。

島嶼之南，對話之前，我與夏試著為談話，做一個稱謂上的設定。

——如果我們需要提及對方，可以試著稱呼彼此為：「我的兒子」與「我的父親」。

我稱呼夏：我的兒子。夏稱呼我：我的父親。

如此設定的初衷，是考量到夏與我不久前共同經歷了一場喪禮。我與他的談話，也可能觸及不久前失去的這位家人——夏的爺爺，我的父親——他，曾是一位「我的父親」。我，也曾是他的「我的兒子」。

如此以帶有陌生感的身分稱謂進行談話，或許也是我的逃避，實是希望給夏、更是給我，擁有足夠的距離，尋找這位缺席者的共有記憶，並試著以話語將「父子」表述出來。

我與夏時常說說話。展開日常對話，經常是我們都意識到——是時候了，需要說說話。當然，常會有其中一方，不滿意過程，或者不喜歡結束的話尾。在不算短的過往時光，我和夏總還能幸運地取得少許珍貴的共識。

二〇一九年在墾丁的島之南對話，是一次特殊的共識。

最初，與《印刻文學生活誌》討論到二〇一九年十二月號雜誌的專題時，原本想邀請一位認識多年的小說家，在雜誌上進行對話。但十月底父親意外逝世之後，短時間內，我還無法與他人進行這場關於小說的對話。

父親逝世的喪禮，與家人討論之後，決定只舉行家祭，也不對外通知。所以在沒有知會印刻文學出版社總編輯初安民先生的狀態下，我逕自與夏討論，希望他與我對話。包含共同參與雜誌刊登需要的圖像照片的攝影工作，也是由夏協助我，完成這次專題。

這件突如其來的改變，我沒有告知雜誌社。初安民先生可能感覺到異狀，但他沒說什麼，包容了我當時的任性。直到雜誌出刊後，在一次夜間對飲的醉後，我才說明了父親的意外逝世，以及當時自己無法與其他人對話的緣由。那時的我，只能在夏——這位兒子——面前，交付心底的聲音。

我想在此感謝初安民先生的溫柔體諒。

一如往常談話的啟動模式，我直白告訴夏，前往南方執行雜誌專題的想法。他考慮後，同意了這近於無理的請求。

我牢牢記得，那是溫柔的夏陪伴我的一趟撫慰之旅。

在那個意義特殊的秋日假期，我選擇離開我與夏熟悉的首都城市盆地。

出發前，對於意圖窺探亡者與死後想像之地的溝通，我沒有把握，也擔憂極有可能，父與子的這次對話，在時間繼續往前走一段之後，便成為瑣碎、無意義、個人式的哀愁與憂傷。

如此對話，亦無法改變缺席者已然逝去的事實。但在心室的未竟之處，有一絲過去少有的衝動，想試著與夏討論我突然失去的某些，以及我自身也失去的某些。

在第一道季風之前，我們抵達島國海角的最南點，在海岸邊觸及記憶，在沒有旅人的大街，漫步等待話語靠近我們。其後，在強勁的夜風裡，我們開始試著說話，也在座標意義最南的獨立書店紅氣球書屋門口，反覆與重複，持續進行那些跳躍出來的詞彙語句，試著再多說說話。

這一趟對話，確實是第一次，我與夏有意識地延長了兩人對話的時光。

也因為這趟〈缺席者之歌〉的談話，釐清了我與我的父親面對「兒子」的差異。這差異，無關是非對錯，只是時代造就的斷層線。這差異，也是我檢視自己與夏日常對話的企圖。

也或許，我應該描述：在父親逝世之後，我無法想起父親與我進行過哪些對話。這其中有許多遺憾，但更多是可感的焦慮與疑惑：為何，我沒有和父親多說說話？為何，父親沒有和我經常對話？

為何。為何多了「為何」這個詞彙？

過去，父親還活著時的日常事實是：

——我沒有和父親多說說話。

——父親沒有和我經常對話。

這兩個肯定句，才是殘存的真實記憶。

如此記憶裡的焦慮與疑惑，是可以觸摸到的空氣，也有實質的重量。為了撥開這層氣膠，我從二〇二〇年開始，慢慢爬梳過去在臉書上記錄過夏的貼文。父子的對話鏈因此出現，或者，那些聲音一直都在。

曾經作為兒子的我，曾經與我的兒子，說了哪些話？

若能釐清這個針點，我或許有機會看見自己作為一個父親的輪廓。

在臉書緩慢回溯記憶的路上，那些曾經和夏共有的對話聲音，轉身為文字。我重新記錄它們，同時展延反思與反省。在二〇二一年，我以兩週一篇的節奏，在《聯合報》的家庭版，完成了「說上幾句話」這個專欄。在此也向負責家庭版的主編陳姵穎，以及報社副刊主任宇文正致意，這些隨筆短文的初寫，才有機會遇見讀者。

我帶著新手父親的不安，在焦慮中反覆重寫過去的父子記憶。報紙專欄的初寫稿，因版面篇幅的字數考量，有許多取捨，也有斷裂。重新閱讀時，我發現許多當時沒能理想處理的細節。於是重寫。我將原本的專欄文章，重新增補、調整、潤飾。重寫，是對記憶的塗銷與修改。我過去如此認定，現在也沒有改變這個認知。過往的寫，不也是在塗塗抹抹。現在的寫，不也是落字當下的即時改寫。何來記憶重寫？在寫的路上，只是試著在泥濘裡尋找少許純淨。一個人臨近中年之後的記憶，載滿不可盡信的哀愁。塗銷修改僅是為了讓自己願意相信而已。我如此給自己一個悖論上的藉詞。

重寫之後，我獲得的體感是：父與子的記憶，兩兩之間，彼此以彼此重寫，彼此對彼此塗銷。我提醒自己，這或是一次必要的重寫，回扣子與父，像似循環，也期待這些與夏曾經說上的幾句對話，更貼近兒子與父親的當下，以及更多我個人的日常反省。

由兒子，與兒子的兒子，回憶已然缺席的父親——這或許是一個父親的告別式之後，父與子的莫比烏斯環。

這無關輪迴信仰，不論有無生命體，我只是單純對環形狀態感到著迷，也感覺迷惑。基於此，我將這篇與夏持續對談了三天的〈缺席者之歌〉，收錄於本書最末。這篇文章既是一對父子人生對話的終點，也是另一對父子聊聊的起點。

第一天：島嶼南方／大街上的旅館臥房／入睡前的雨夜

我：開始之前，我想先假設我們都缺席了。我想用有點距離感的稱謂，比如說，我的父親、我的兒子，來開始這場對談。

夏：這是什麼意思？

我：這就像你跟我都不在這裡。我們面對面，卻是對另外的「第三個人」說話。這樣也許可以談得更多更深一些。

夏：聽起來很酷。

我：那我們開始聊。

夏：我的第一個問題是，生跟死在你眼中是什麼？

我：我現在還無法談這個問題，我們跳過。我這樣好像無法說話……

（兩人在旅館床上，對先前的「稱謂設定」，進行了一次校對。溝通之後，再重新對話。）

夏：你父親給你的東西，你覺得什麼是最有用的？賦予你什麼意義？

我：他給我最重要的是誕生。如果沒有他跟我的母親，我沒有誕生。這是誕生賦予我的意義。

夏：你覺得誕生是什麼？

我：誕生是第一步。有了誕生，才會開始塑形下一步。塑形就是塑造形狀。就像你去捏陶土。你假想，我是一塊黏土，我被我的父親、母親誕生出來之後，黏土才開始長。慢慢長的過程，需要有人去捏才會變出形狀。小時候把我漸漸捏成形狀的人，大部分是我的父親，他實質上給我的東西，不是教育、財產、生活、溝通。他給我更多的是「一個父親的形象」，立在那裡。他跟我之間有一個奇怪的關聯，像磁鐵，在相吸與相斥之間拉鋸。我跟我父親的狀態很複雜。每一個兒子與父親的關係都有些複雜。就像我跟我兒子的關係也很複雜。那你覺得，誕生又是什麼？你的父親，對你來說又有什麼意義？

夏：我的父親，像是幫我找到路口的人。陪我運動打網球，讓我接觸足球、電影與嘻哈舞。很多事情都把我帶到路口，我才能夠進去迷宮的裡面，盡情探索許多事情。

我：那你還有跟誕生有關的記憶？

夏：我只看過照片，護士小姐抱著剛出生時候的我。

我：你剛剛的描述，比我立體很多。我就沒有辦法那麼直接立體地描述我跟我父親的狀態。

夏：可能是我現在還小，遇見的事情還沒有像你跟你父親那麼複雜。就像磁鐵相斥或相吸的影響，我不像你跟你父親一樣相處了那麼久的時間，發生那麼多的事，所以才沒有這麼複雜的關係。

我：我喜歡你的這段描述。那麼與生對應的是死。對於死亡，你有什麼想法？

夏：我覺得死亡就是準備要連接的下一個路口。迷宮就像一個生命，路口是爸爸媽媽給你的，讓你進去探索，會有一些小叮嚀，就像是提示燈，爸爸媽媽引導你要去哪裡，引導到最後，你要靠自己的力量走完那個迷宮。當你走到出口的時候，你就好像是死了。然後你會進入到另一個入口，進入另一個迷宮去探索其他的生命。

我：你現在描述的，是死後的世界？

夏：死就是連接到下一個路口。如果把死變成出口的話，我想像的迷宮是很多很多站。路口和出口是相連的。死是出口的話，路口就在死的旁邊。

我：對我來說，死好像是慢慢變成簡化的一件事。簡化的意思是指，以前年輕的時候，不會思考死亡，等時間過去，死亡的事，會自動慢慢靠近過來。這過程必然得可以極簡單去面對。

夏：年輕的時候，就好像你走迷宮，才剛走進去，還沒有開始探索迷宮的任何角落。但是你一走進去，越靠近出口，你會發現原來這個路這麼簡單，很快地你就會走出去。所以會慢慢簡單化。我是這麼想啦！

我：我現在覺得死亡沒有那麼遙遠了。遙遠不是指幾歲的概念，像是活到七十歲就靠近死亡，活到八十歲又比七十歲更靠近死亡，不是這樣的計算方式。對於死亡的距離感，有更近一點的感覺，可能是從周邊發生了很多事情逐漸累積起來的。比如說，我的父親在上個月過世了。我的父親去世，就是累積我靠近死亡又更近了的事件。並不是所有人的死亡，都會變成靠近死亡的基礎，或是窺視死亡的基礎。有時候反而是活著，才能夠發現死亡的樣貌。我記得，我小學的時候，我父親的父親去世之前，他也中風了很久一段時間。他總是坐在同一張椅子上，需要家人餵飯。我印象很深刻，我的父親會端著碗，餵食他的父親。那時候我就覺得死亡很靠近我。那時候他們都還活著。但看著一個中風老人被餵養的過程，我會覺得那背後有一個什麼是靠近死亡的。

夏：你的意思是說，在生活周遭裡越靠近死亡，就會覺得越簡單化，碰到的越來越多，就會是習以為常的事情？

我：我不會說那樣的情境能夠習以為常。我試著比喻，死亡可以像是數學題，是由很多生跟死累加之後，型塑出一個人對於死亡的看法。它有時候是2，有時候是3或是8，一直不斷加上去。但我不知道數字要加到多少時，死亡會完整成形。這跟我自己的死亡又不太一樣。我們現在討論的是我們認知的死，不是我們身體面對著的死。

夏：你的意思是，你現在認知的死亡，就好像是數學中的X跟Y，你不知道那個東西是什麼？

我：嗯，很像是的。

夏：但是我有一個問題，一定要是2、3、8這些數字，一直加加加累積起來？為什麼不能是減？

我：對。這是一個好問題——「為什麼不是減，而是加？」

夏：如果你把「加」比喻成另外一個東西，「減」就會是那個東西的相反。

我：假設把生活上的那些事情作為辨識基礎，意識到死亡的這事件，它會消弭？發生了某個事件，它消弭了我對於另外一個事情的理解。我沒有思考過這方面的事。謝謝，你提了一個好問題。

夏：我也沒有思考過。你父親餵你父親的父親吃飯，背後有一個東西很靠近死亡。如果那個東西是「加」的話，你覺得那會是什麼？

我：我看著我父親在餵食他的父親，那個餵養的動作，跟一般餵養的動作不太一樣。當我餵養我的兒子，他正在長大，是充滿生命力的。那一刻我認為死亡不會發生在他的身上。但我看著我父親餵養他的父親，我感覺死亡就在他身上，也正在發生。我這麼說確實有矛盾，也很弔詭。人從出生那一刻，就開始面對死亡。死亡一定會到來。

夏：如果你兒子是很靠近死亡的狀態，你還會覺得他充滿生命力？

我：這是另一個問題。

夏：就比如說，你的兒子如果出生以後就發生了車禍，變成植物人，你還會覺得他是充滿生命力的？然後跟你看著你父親餵食你父親的父親，兩個比較，哪一個是比較充滿生命力的？

我：這是一個很重要的討論。那麼，我應該會覺得我父親的父親會更有生命力。不幸的意外發生在我兒子身上，我一定會非常非常悲傷，可能無法單獨面對活著這件事。我從來沒有意識到，這對我的影響這麼大。我的父親中風已經九年，我原本以為自己可以從容面對他的逝世。

夏：你本來以為，在第一階段，已經接受了死亡這件事情？

我：你帶出了一個提問——接受死亡，需不需要時間？到底接受另外一個親人死亡，需要多少時間？這個接受，應該發生在死亡之前，還是死亡之後？

夏：但是也會有很多案例，是完全無法接受親人的死亡。

我：一定會有的。

夏：你覺得，接受死亡的時間，是不是要另外發生某一個事情，才讓人比較快接受死亡？

我：我的父親中風的那九年，身體漸漸衰弱。我以為已經慢慢接受他終究會面臨死亡。但是死亡突然發生，我才知道我其實沒有準備好。他初次中風那段時間，狀況比較差，我每個星期回去看他。後來他漸漸好轉，也在穩定的病後生活裡學習度日。我就改成兩週甚至是一個月回去探視一次……抱歉，後面想說的，我無法繼續說下去。不過，我現在會開始思考，如果我生病了，應該有哪一種「病後生活」的態度。

夏：你的態度是指，消極是一種態度，樂觀也是一種態度？

我：我會學習接受「病」這件事。有些人無法接受生病、衰壞退化，在突然面對生病之後，病後生活就會倉促慌亂。不是每個人都能接受。如果我被告知罹患癌症，我會試著去思考安排要如何規劃剩下來的時間。這是重要的事，也是我需要去學習的。以前我不太會去想這種事情，直到我父親中風病倒。

夏：那你覺得，死亡是正，還是負？

（我停頓思考）

夏：以我的比喻，迷宮是一個生命，出口或是路口沒有正和負。生病是難免的，但是從你之前的談話來看，我感覺，你認為死亡是負的。

我：負？（再次停頓思考）

夏：生病了，你才會去思考死亡這件事情。你為什麼不思考把死亡變成正的？

我：我可能沒有辦法在這個時間點，把死亡視為是正的。我覺得你可能正在試著對我做大人的事。如果是，我要謝謝你。這樣描述，死亡，比較像是零。祂不是正也不是負。是空的、零的，沒有加也沒有減。死亡就是在那裡。

夏：我們改變不了。

我：到現在，應該還沒有人躲開死亡。就身體機能上來說，我們改變不了。死亡的必然性就在，那裡。也因為這樣，我們偶爾會去想到它。最近新寫的小說，使得我經常去思考面對死亡、界定死亡、辨識死亡、或是去溝通死亡。我把很多動詞，跟死亡連結在一起，也是我窺探死亡的方式。我很想問，前陣子你去拍一部電影《野雀之詩》，戲裡飾演你阿祖的老婦人，在劇中去世，你是如何面對的？在真實的現實裡，長者去世，你又有什麼感受？

夏：每一個戲劇裡面都會需要有一個結局。如果在這個戲裡面有關於死亡，那就必須要有關於接受死亡的結局。我覺得在戲劇裡，那比較不像是一個實體的接受，那是存在內心的接受。在劇中的長者死的時候，戲中那個角色（小翰）需要去接受這個死……唉，我不太知道要怎麼說！

我：沒關係，我試著這樣提問。你父親的父親的死亡，你跟你父親一起經歷了。你是長孫，也同時面對了所有的喪禮過程。你對於父親的父親去世了，有什麼想法？

夏：在我有記憶以來，我父親的父親給我的形象一直都是中風的狀態。我會覺得，他的狀態已經慢慢變得比較不好，死亡是遲早要面對的事情。所以我就會接受。雖然接受了，心理上還是有一些過不去。

我：過不去？比如說……

夏：比如說我們之間的互動！他中風了，不太會表達，還是可以懂他大概的意思。即使他當時的狀態不是很好，但我還是把他當一個正常人對待。然後，這個死亡，我就會比較快去接受。

我：你的這個「然後」，前後連不起來。

夏：我覺得不會。

我：好。那在記憶中，你和你父親的父親在一起做最多的是什麼事？

夏：我記憶最多的是一起去吃豆花。我父親的父親，牙齒沒有很多，只能吃很軟食物，像是豆花、香蕉。每次回去看他，我都會站在他乘坐的輪椅後面。那不是可以站人的地方，但我就會站在那裡。我的父親就會推著輪椅，三個人一起去吃豆花。這就是我對我父親的父親印象最深刻，也是我最過不去的。

我：這就是重複所累積下來的記憶。這也是最美好的。我覺得，可以跟死亡對抗的，大概就是記憶。

夏：是不是只有創造更多的記憶，死亡了，才不會有遺憾？

我：你說的這句話，現在的我，非常非常認同。創造出更多的記憶，在死亡來臨前，才不會發現更多的遺憾。我現在不斷陪伴我的兒子，也就是創造記憶的過程。我們無法二十四小時都在一起，但會盡力去做可以一起做的一件事。這件事，重複一次兩次三次，重複一年兩年三年，最後就有機會變成非常牢固的記憶。說不定，這個記憶就會穿過死亡，穿過時間。比如，我的兒子每一次去參加足球比賽，我都努力在現場。截至目前為止，如果比了一百場，我應該參加了九十場。一起在足球場，面對足球，這件事情的「發生」，就是我跟我的兒子的共同記憶。我推想，這樣的記憶是可以共存的。我推想，我跟我的兒子，一起推著我的父親，去吃豆花，一次兩次三次，一年兩年三年，可能也變成我父親去世之前，深植在記憶裡的畫面。我無法真的理解，一個人去世之後，究竟會接著發生什麼，面對什麼。就像在《野雀之詩》

裡的阿祖，從山洞裡走出來，對劇中的小翰說，這以前是一個礦坑，礦坑發生過很多事情，很多人進去礦坑以後，就沒有出來了。這也是我們對於死後世界的一種揣測，或者是一種遙想。我們揣測死後會有另外一個世界。那個世界不容易解釋，也很難真實觸及。有人試著用科學的方式想要去研究死後，只不過，那裡，不是科學的領域。

夏：就像有人嘗試想把一個人在死和生之間進行交錯。先讓那個人是活著的狀態，讓他很快速的死，又回到生的狀態。

我：你說的是某一種實驗方式。

夏：祂（本意可能是指：它）不是你說的無法觸及的東西，很多人不會認為那是不科學的，會有人想辦法用科學的方法去觸及探索死亡，很多人想知道那裡到底是什麼。

我：你說的是瀕死經驗的研究。有幾部電影討論的就是這個。電影裡的醫科學生，在身體裡注射藥劑，讓人停止生命徵象，短暫死亡。然後把人搶救回來，再去記錄他從沒有心跳到被救回來那段時間，到底發生了什麼。這種死亡是一種假死狀態。昆蟲遇到危險時也有假死狀態，好像是真正的死亡，但都會活回來。

夏：昆蟲是用欺騙，讓天敵以為牠死了。如果用這種欺騙放在人類身上，讓人以為他死了，你覺得會怎麼樣？就像是一個人死了，我們大家都以為他真的死了，但他存在另一個地方。我們不能碰到的地方。

我：你說，我們觸及不到的地方？

夏：對。就變成昆蟲假死。但是，是在我們觸及不到的地方。

我：這種推論，不能真實成立。不過你描述的，在想像裡，是存在的。

夏：如果有人死了，有些人會認為他們存在在其他地方，你覺得那些人是怎麼想的？

我：你是指死去的人，還是活著的那些人？

夏：還活著的那些人，覺得死掉的人並沒有死。不接受他死的那些人。

我：這跟信仰有關，等你大一點可以去研究信仰的問題。不論是佛教、道教、基督教，各種宗教對於死後都會有不同的解讀。

夏：各個宗教對於誕生也會有不同的解讀。

我：我相信會有不同的意義。

（兩人各自躺在床上，突然停頓沒有說話。許久之後，才又回到對話。）

我：剛剛這樣跟你說話，好像有碰觸到一些事。有什麼打開來一點點。我想跟你說謝謝。時間不早了，第一階段聊到這邊。你還有想聊的？

夏：你剛剛聊到的假死和信仰。

我：因為跟我正在寫的小說有關。有一種蜘蛛，叫做盜蛛，牠很特別。

夏：盜蛛是什麼？

我：一種不結網的蜘蛛，一直跑來跑的蜘蛛。盜是竊盜的盜。

夏：牠去偷別人的東西？

我：牠不是去偷東西，盜蛛是牠的名字。學名應該是跑蛛。不過我比較喜歡盜蛛這個名字帶給我的想像。這樣說好了，雄盜蛛抓到一隻蛾，為了要交配，牠會把捕到的蛾當作禮物送給雌盜蛛。在送禮物給雌盜蛛之後，牠也會假死，把自己跟蛾牽勾在一起。雌盜蛛把蛾拖走，也會把雄盜蛛一起拖走。拖到安全的地方，雌盜蛛開始吃蛾，雄盜蛛就會偷偷地跟雌盜蛛交配。盜蛛假死不只是躲天敵，還有求偶完成交配跟傳宗接代。

夏：哇！酷！

第二天：恆春小鎮市區／島嶼最南的獨立書店／門口的陽光旁邊有紅氣球

夏：昨天聊到哪裡？

我：盜蛛。

夏：就是公的盜蛛把捉到的蛾當禮物，送給母的盜蛛，自己假死去完成交配。

我：對。你剛提到禮物，你的父親給你最好的禮物是什麼？

夏：我覺得是生下我。這也不算是禮物，我自己本身不會知道我接收到這個禮物。我誕生了，我才會變成我。這算是一種無意識的禮物。那你父親給你的禮物是什麼？

我：他給了我兩個字，剛毅。

夏：剛毅？

我：我的父親是一個非常剛烈、很倔強的人。這種倔強的性格其實也留在我身上。本質上都是固執，只是兩個人不一樣。我的父親，是很魯莽、很蠻悍、不討論理由的那種剛毅。我的固執倔強，是任性的、有一定程度的不理性，也是跟時間有關的韌性……這樣說他給了我什麼，很抽象，不具體。

夏：不一定要是具體。

我：（停頓思考好一會）「給予」是一個奇怪的過程。我有一個奇怪的說法是，原來有一種男人的形象，是像我的父親那樣子的。那不是喜歡或不喜歡的概念，而是他描摹了一個男人的某一種輪廓，很清楚很立體，剛毅、倔將、任性、魯莽、蠻橫。不一定是好的特質，但確實是特質。這樣說你理解？

夏：大概可以。

我：好。我接下來想問，你怎麼想像死後的世界？在這個只能是兒子的年紀，你有想過？

夏：即使不是在我這個年紀，在我的父親那樣的年紀，可能也會認為那是一種未知。

我：怎麼說是一種未知？

夏：不會知道死後的世界是什麼，我們又還沒有死過。

我：在死發生的瞬間，人不會有活的意識，不會活著去發現死亡。從這角度來看，死並沒有真的發生過。你說的未知、沒有死過，我可以這樣理解。但許多有關死亡之後的描述，例如，西方極樂世界，上天堂和地獄輪迴，這些信仰的問題，比較複雜，我們以後再聊。你覺得，在你父親的照顧下，你是怎麼做一個兒子？

夏：一面自己成長，另外一面是我的父親帶領我去探索一些、不是我自己能夠到達的地方，去做平常生活上不會嘗試的事。我的父親會帶我離開舒適圈，去另外一個地方，另一個生態系。如果把舒適圈比喻成生態系的話。

我：就像這次我們為了對話，來到島嶼最南的獨立書店。

夏：對！我覺得有最南、最難、最男，三種意思。可以說是最南方的書店，也可以說是最難經營的書店，最難到達的書店。然後還有另外一個，男。對我來說不是MAN的意思，而是我的父親的那種「男」，也是我的父親帶領我的那種「男」。雖然字一樣，但意思不一樣。

我：在我現在這個年紀，已經很難把「我怎麼樣去擔任一個兒子」——這個描述，這麼直接就說出來了。

夏：其實我也不太確定，我也還在探索。

我：我是從我的兒子出生，才開始學習當一個父親。但是我當一個兒子，在我被誕生之後，好像就開始了。我的父親去世之後，我又重新覺得，「成為一個兒子」，好像是需要再一次學習的事。

夏：成為一個好的父親，或是成為一個好的兒子，要怎麼定義？

我：我無法使用好壞去定義這兩種身分。不過我想起一個記憶。在我很小的時候，我的父親會騎偉士牌載著我，從這個小鎮到另外一個小鎮去看電影。我的父親很喜歡看電影，我不確定我現在這麼喜歡電影，是不是跟他有關係。我已經忘記那時候看過哪些電影，但是坐在摩托車前面的記憶，是我跟我的父親互動裡印象很深的一個畫面。快四十年過去了，我還能深刻記憶。那時候的我，大概是國小五、六年級左右，就是你這個年紀。

夏：你現在陪著我一起看電影，是因為你跟你父親之間的關係，你想要做一個回味？還是想要交換角色？

我：你談到交換角色，我覺得很有意思。

夏：你以前是被別人帶去看電影，而你現在是帶別人去看電影。

我：我沒有想過交換角色的這部分。我喜歡跟你一起去看電影。電影跟小說很像，都是一種說故事的載體媒介。是被創作者創作用的工具。我不單只是喜歡故事，而是想要去完成一個與我有關的故事。現在的你，比較喜歡電影，不一定是小說。我選擇電影，也是希望能和我的兒子有多一點共同記憶。不過你剛剛說的身分交換，我們可以進一步地聊。

夏：關於交換角色，就像你小時候打網球，到現在你會想陪你的兒子一起打網球。這是你父親給你的激勵，希望你去完成，而你完成不了，你才會希望你的兒子幫你完成？

我：打網球，跟我自己有關係，跟我與我的兒子有關係，但是跟我的父親沒有關係。我希望我的兒子學會某一個球類運動，在那個球類運動裡深度學習。當他能夠擁有屬於那個球類運動的技藝，會是非常深奧美好的。這不只是打打球就好，而是要足夠深入球藝的技巧知識的細節，懂得非常複雜的遊戲規則。以網球舉例，就是人類跟一支球拍、一個網球、網球場，以及在球場範圍內如何與人進行互動，還有完成一個有關競賽的過程。參與這個競賽，需要有一段非常長的時間，累積技藝，自我鍛煉和向內的要求。也就是自己面對自己的過程。不一定是去選擇一根球拍，或者是怎麼處理某一顆回發球。而是試著面對你自己這個人，然後再延伸到人跟球、人跟球拍之間。技藝，不會是一年兩年就能夠完全學會的東西。我的兒子現在正在踢足球，小學時期學了三年時間，中學時又繼續踢，未來不一定會是正規選手，但至少有機會從足球裡獲得某種思考的方法，以及從足球出發才能體會的世界。我想和我的兒子，長時間的，不只是一年兩年，而是五年十年，在同一種球類運動裡「持續下去」。

夏：可是為什麼打網球這件事跟你的父親沒有關係？

我：我的父親並沒有特別支持我，也沒有完全反對我。小學畢業之後，要升學，他只是要求我放棄打球。可是我想透過這種方式跟我的兒子溝通放棄這個議題。

夏：那放掉之後，你的心情怎麼樣？

我：我不知道怎麼去描述當時的心情。

夏：那當你的兒子說要踢足球、不想打網球，你覺得會難過？

我：不會。

夏：為什麼不會？

我：那是一種需要自己去做才能完成的選擇權。我會跟我的兒子說，你要為選擇付出，要為選擇拚一下，也要為你的選擇負責。我給我的兒子相當程度的選擇自由。這一點我應該有做到。

夏：你希望給你的兒子一定程度的責任感？

我：我其實無法判斷，這樣與我的兒子進行生活溝通，是不是正確的。就像現在進行中的對談。有時候，一個人可以做到的事很有限，一個人想要去做的事也常被忽略。不過當一個人忽略自己應該要去做好的一件事，後面就會變成其他人的困擾。

夏：什麼意思？

我：以足球舉例。有一個邊鋒沒有站好他的位置，沒有做好守備或是進攻，就會形成一個洞，其他人就要去承擔，補他的洞。這個觀念對我來說很重要。這不是人如何做好一根螺絲釘的工具角色的討論。一個人可以把跟自己有關的事做好，就有機會往好的方向推動。

夏：但是如果每個人都只把自己的事情做好，那不就變成一個完全沒有分歧的世界。每個人都做好，就不需要再做別人缺漏的部分。沒有分歧，是不是就沒有進一步的溝通，沒有進一步的溝通，就沒有辦法了解對方想法，如果沒有了解對方的想法，就只會個人主義化，那如果只是個人主義化，你不如找一個機器人。

我：你反駁的這段推論，有一點點怪怪的，但我覺得很棒很棒。確實，每一個人都只專注在自己的時候，會忽略跟外部的溝通，就可能慢慢的機械化。說不定我這個問題很嚴重。特別是在寫小說的時候。

夏：有時候專注在自己的問題，就很容易忽略最重要的東西。

我：這很有可能發生。這也是解剖「專注」之後發現最為難的取捨。

夏：你想把事情做好，就必須全心全意去做。當你全心全意，就會陷入另一個境地，這樣你就會失去另外的東西。你到底要失去哪一點，還是你要怎麼做才好，每一個人都需要去拿捏。

我：我想從拿捏時間的角度來接著聊。每個人的一天，是相同的。但每個人使用一天的方法不同。每一天如何分配切割，會影響這個人所使用的一天。

夏：就像從幾點幾分到幾點幾分要做什麼事情。《小王子》的動畫電影裡，女主角的媽媽幫女主角排好學習功課表，如果太執著那個學習功課表，你反而會想要去探索其他東西，另外一部分就會開始失去。如果你全心全意按照那個功課時間表做，功課就會超級好。但你比較靈活的思考，可能就沒有了。如果你太靈活的思考，卻沒有讀書，你的知識又沒有了。你在這兩個之間，要怎麼去拿捏時間？即使你在做功課，但你還是想要出去玩，在這裡你就沒有專心了。這個專心也等於時間的差異。

我：現在我們討論時間，因為我們還活著。一個人活著的時間，跟他度量時間的刻度有關……好，我應該說，時間很難去真的掌握和拿捏。比如說，我試著提問，時間在哪裡？

夏：只能用一種很抽象的、用自己想像的，時間在那裡。

我：你可以描述，時間在時鐘裡，時間在光線的走動裡，或者講述，時間在植物生長的管線裡，你自己本身的生命也就是時間的一個單一刻度。我的兒子出生那一年，我寫過一段短短的字——「當時間可以用寫了幾篇小說的方式計算過去，你就可以開始思考有關死亡的事了。」這裡的你，是指我。當時，我在計算寫了幾本小說之後，一輩子就會結束。可能是在那時候，我第一次真的發現時間！

夏：但是用一個東西來當成單位，怎麼算？每個人的時間單位都會不同！

我：生命原本就有長短。你應該聽過，有些人覺得自己活的時間不長，但他做了很有意義的事，就會覺得他活得很有價值，時間於是有意義。對不起，我這樣討論，是很淺層的描述，不是很細膩。不過，時間經常是「大於的」討論，而不是「長於的」考量。

夏：我覺得，時間的快慢，取決於自己有沒有做專心或是做有意義的事。像是玩樂時候，時間過得很快，讀書的時候，時間就變得很慢。我們比較喜歡玩樂，越喜歡的東西，當你專注在裡面，就會覺得時間過得很快。你越不喜歡的東西，你就會覺得時間過得特別慢。

我：就像你打《傳說對決》的時候。

夏：對，我都會覺得，怎麼時間這麼快！如果要讀一本書，我又會覺得時間好久喔！到底什麼時候才能把一本書看完。

我：不過我還覺得時間不合適放在長短快慢這樣的領域討論。不管是你玩《傳說對決》

還是看書、看電影，當專心進入那個情境，你會忽略時間。我認為，平常時是不會去意識到時間。

夏：我們只會注意到——現在，幾點幾分。中午就應該吃午飯，晚上就應該吃晚餐。那晚上之後就應該睡覺睡到早上。只能用這些比較大塊的區分。但是《小王子》動畫裡面的那個女主角，她是每一天早上醒來都規定要做一些事情，每天都會有功課必須完成，時時刻刻都分得很清楚。

我：果然，你跟我討論時間，是不是很難聚焦。我想問你，參演電影《野雀之詩》，拍攝期間橫跨二十多幾天。那段時間，對你來說有什麼意義？

夏：我覺得那段時間比較不算時間，比較像是經驗。那也是我第一次參加電影拍攝，像是透過時間累積經驗。透過每一場次的拍攝，我才知道原來這一幕我應該怎麼樣表現，那一幕我又應該有什麼情緒，它其實是一個經驗的累積。

我：除此之外呢？

夏：我覺得那段時間不能說無聊，也不能說好玩。拍片時間，我認識了劇組裡的其他人，有導演、攝影師、燈光師等大哥哥大姊姊，我會跟他們聊天，大家都會很輕鬆地說話。但是當每一個場次要開始拍攝時，大家就會突然變成另外一個人，立刻進行嚴肅專業的拍攝工作。那段時間，從聊天然後拍攝電影，然後又聊天又拍攝電影，在這個重複的過程裡，我也很專注在那個表演裡。那段時間不算快也不算慢，好像你做了一個工作，剛好那個工作是你喜歡的，你喜歡的東西和你的工作結合在一起，然後就會有這種不快不慢的感覺。

我：我一直覺得，時間跟誕生跟死亡，三個是一體的。夾在生跟死之間的東西很複雜。我喜歡小說也喜歡寫小說，可以在寫的過程裡思考時間。比如這次要刊登的小說，我想試試捕捉不同於活著的時間感……

夏：（突然打斷）什麼叫不同於活著的時間感？

我：我想了解死後的時間感是什麼？

夏：未知的啊！

我：這樣描述只是把事物簡化而已。我給了時間一個限制，簡化地說，叫做死後世界。我想試著靠近，死後世界的時間。

夏：如果把這個變成一個數學算式，時間是X，死後是Y。那這個算式就是X加Y，那你永遠算不出這個算式。因為你無法得知X和Y。

我：你的意思是什麼，我聽不懂？

夏：我的意思是，這裡頭沒有一套可知的東西，讓我們去理解它。

我：未知跟未知為什麼不能去解答未知？抽象跟抽象為什麼不能去描述抽象？

夏：X加Y在數學算式裡面，如果你沒有其他算式讓你推論的話，是無法推論出來的。如果你把死後的世界代表成抽象，抽象加抽象能不能詮釋抽象，這是值得討論的。抽象加抽象，可能變得很抽象，不然就變成負負得正。

我：我認為死後的它（或者更接近祂），不會有負負得正這種討論。討論應該是不斷地反覆辯證。就像當我討論死後世界的時間感是什麼，退一步回去辯證的，可以是真的有死後的世界？

夏：真的有死後的世界？人真的會死亡？那個死又代表什麼？

我：你的問題有很多論述，類似靈魂、永生、物質不滅、鬼、長生不老，都是在討論祂。關於討論，我覺得在小範圍裡說，比較能碰觸到。比如我們談時間，多用一個附帶的Y去討論。

Y是媒介，小說也是。透過小說去處理死後世界，這是我正在做的事。只是我很好奇，假設現在的你碰到和我現在同樣的困惑，你會怎麼思考死後的時間感？這是我很期待知道的。

夏：死後的時間感，就跟抽象加抽象很像！目前還沒有人可以說，但以意識型態來說，它並不能變成一個學說。

我：你現在說得有點廣了。你使用的詞彙對我來說，都有一點大（範圍）。

夏：死後的世界沒有人知道，它就變得很廣！如果你用一小部分、一小部分來討論，那表示已經有人用大範圍來把它框出來，你才會慢慢推到裡面嘛！但是現在我們沒有人推大範圍！我才用很廣來討論。

我：我剛談的是，我們討論事情，使用的詞彙應該用小一點的範圍……或者是透過更具象、更多層的媒介來談。

夏：我覺得每個人對死後的世界想法都不一樣。比如A是連結下一個死後的世界，那有可能是……

我：我可以打斷一下你的回答嗎？我覺得有關討論的方法很重要。我把討論拉回來一點，對焦小一點。在《野雀之詩》裡，你扮演的角色小翰，他會怎麼去解讀死後的世界？

夏：小翰是一個比較憂鬱的人。我覺得在他的想像裡，沒有死後的時間這種東西。在小翰的阿祖死掉之後，他在夢裡看見死掉的阿祖，變成了麻雀回來看他。他在路上看見麻雀時，都會覺得那是阿祖。在他的眼裡，阿祖變成了麻雀一直在他身邊。死後的世界和我們的世界是平行的。他並不會覺得這個人死了，而是變成了麻雀陪在我們身邊。

我：我想起一件印象深刻的事。小時候我很喜歡釣魚。在我母親的母親去世後沒有多久，有一次我去小鎮旁的河邊釣魚，看見一條大概一公尺長的魚，在水裡游啊游，然後游到我面前，就一直停在，那裡，像是在看著我一樣。我沒有去釣牠，脫掉鞋子走進河裡去摸牠。我摸到牠的身體、鱗片、尾巴，牠都沒有游走，在我的兩隻手之間輕輕地擺動，感覺很久很久之後牠才游走。從那一次之後，我就不再釣魚了。我可能是碰觸到一個意識，就是輪迴。這可能是我記憶裡最早的、死後世界的時間感。

夏：對！就跟電影裡的小翰很像！小翰認為他的阿祖輪迴變成了麻雀，跟你這個真實案例還滿像的。

我：這個經驗影響了我的認知，之後就沒有再去釣魚了。

夏：你認為，釣起來的魚都是你母親的母親。

我：（猶豫思考一會）我想說的是，那像是一個貼近、或是逼近、觸摸到死後世界的一種領悟。是一個很奇異的過程。

夏：但是也有可能是一種巧合！

我：我說的和宗教無關，跟深植我心裡頭的個人信念有關。因為它改變了我的行為，持續影響我之後的生活。好！我們今天先到這邊。

第三天：高速公路／老車奔馳中的午後／發現厚雲層正在移動

我：你還會想跟我說說話？

夏：我們可以現在聊完，晚上到臺中就不要再聊了？

我：因為你想要打《傳說對決》？

夏：對！不然我就秋假就要結束了。

我：好。那我直接問，我的父親去世，這件事有改變你什麼？

（夏想了很久都沒有回答）

我：我換個問題。你會覺得《野雀之詩》這部電影，有觸及到死亡？

夏：《野雀之詩》裡面的死亡不是死亡，比較像是你昨天說的釣魚的事。

我：《野雀之詩》的故事，帶給你的震撼是什麼？

夏：每個人的生活方式不一樣。

我：對我來說，人死之後，就是一種缺席。

夏：什麼是缺席？

我：我試著描述，缺席，是人本來在那裡，那個位置。去世之後，那個位置還在那裡，他已經不在那裡了。就像你在班上有人轉學，那個座位沒有人坐，一直空著。我的父親去世之前，總是坐在客廳沙發上的同一個位置。他去世之後，那個座位會一直空在那裡。沒有人去坐在那裡，我也不會。那裡就好像是一個洞。原本有一個人在那裡，但是卻不見了。我找不到不見了的原因。

夏：這就是化身啊！在《野雀之詩》裡，人死掉之後就化身為麻雀。

我：電影裡，阿祖有一個睡覺的位置。阿祖死掉以後，就換成小翰睡在那裡。小翰去睡那個位置，對我來說有兩種意義，一個是小翰是不是遞補上了那個位置？或者，小翰佔住那裡，然後才能把空位留給誰？

夏：這個故事的結局，並沒有提到小翰是遞補，還是留一個空位。

我：因為故事沒有直接探討，對我來說，這個部分才是比較值得討論的。我不覺得結局的死亡本身，需要更多討論，反而是死亡發生之前的那段歷程，比較值得我們對話。

夏：如果回到第一個問題，我的父親的父親去世了，對我的影響是，在現實生活中，就是那個客廳裡變成空的了。每次回去看他的時候，他都會在那裡，現在他死了，就消失不見了。

我：你相信一個說法——親人去世之後會到活著親人的夢裡面？

夏：我不是不相信，而是沒有發生在我身上。

我：如果有一天發生了，你就會相信？

夏：我覺得會相信。如果用缺席來說的話，那就是他睡的床，他經常坐的輪椅都空了……我覺得，我真的不知道怎麼談缺席誒！

我：這的確是不容易說的事。那你相信人死後有靈魂？

夏：我沒有想法，你能不能說得具體一點。

我：人死後的靈魂，可以是一般人說的鬼，也可能是抽象的、沒有形體的一種意志的聚集，你相信這種存在？

夏：形體？什麼是意志？

我：我不想使用鬼，可以用抽象的形體、魂魄。靈，是我感興趣的一個字。靈魂的靈，這個字。

夏：我覺得靈魂會在，但是不一定會託夢來找我們！

我：但我會想試著去捕捉靈。我不確定祂是否存在，我也不想用科學的方法去驗證。我是寫字的人，我會使用文字捕捉祂、描寫祂，究竟靈是一種什麼樣的存在。

夏：如果你沒有真的感受到，要怎麼去描述？

我：虛構的特別就在於，即使你沒有真正感受過，你也可以透過文字敘事去逼近靈這個字。這也是小說迷人的地方。對了，你喜歡拍照，小說和攝影有一個不一樣的小地方——當相機鏡頭沒有在那裡，你不可能拍到那裡的照片。就像你不可能拍到二次世界大戰當時的照片。但你可以透過當時的人拍下的照片，去理解二次世界大戰的現場。寫小說的人可以透過文字，靠近二次世界大戰的現場。小說也無法讓人回到當時現場，但透過寫作，有機會逼近現場。這裡頭還有什麼是現場、靜態跟動態敘事、逼近到的時間感是什麼層次的問題，需要再進一步討論。

夏：我聽不懂。

我：沒關係。

夏：我覺得，每一個靈魂想做的事情可能不一樣。有一些會託夢，有一些會給他的家人好運，或是保護他的家人。我最有感覺的就是託夢。我記得在處理喪事的時候，我一直作夢夢到A這個英文字母。它一直浮現在我的腦海。A如果以數字排列對比的話，應該就是1的意思，我就猜大樂透會不會開出1的數字。我覺得他（親人的靈魂）是存在的，但是又感覺很荒謬。那你可以說說看，你的父親去世對你的影響又是什麼？

我：我的父親去世之後，我失去了作為我父親兒子的身分。失去部分的身分——這是我以前沒有思考過的事。死亡是突然發生的，有一種身分在我身體裡頭，也突然缺席了。我在自己的位置上，出現缺席了的感覺。

夏：但是，跟你的父親有關的親人，每個人都缺席了！

我：一個人的死亡，有很多不同意義的告別。比如，很多不同身分上的告別。我們辦喪禮的時候，司儀會請所有不同身分的人，一組一組，上前向我的父親告別。每一組人，都是身分類似的一群人。這種身分上的告別，是第一個強烈影響我的地方。第二個，是比較直接的結論，我發現我還沒有準備好面對我父親的死亡，就是他變成了永久的缺席者這件事。

夏：聽你這麼說，我覺得這個影響對我來說沒有很大。我父親的父親，在我有記憶以來，都是中風的。他的死亡對我的影響，不像我的父親那麼大。對不起……

我：沒有關係，你的感覺不是一件需要道歉的事。我正在寫一個跟靈魂有關的小說。本來我沒有那麼明確要寫，但我的父親驟逝，讓我想要把它寫出來。你對於我要寫這個，有什麼想法？

夏：哈哈！我基本上不會去干涉你要寫甚麼！

我：好……你參與電影之後，你覺得詮釋另外一個角色是怎麼一回事？

夏：我覺得每一個角色，都需要給不同的人去詮釋。就像是小丑的角色，他給很多不同的演員去詮釋，每個人詮釋的感覺都帶給觀眾不一樣的感受。詮釋另外一個角色，其實是把自己變成另外一個人。

我：你在演戲的過程，做了什麼樣的嘗試？我不是指去上表演課的練習。

夏：我會看著劇本，然後想那一個場景應該要有什麼情緒跟動作。每一個演員演出一個角色，有些人會賦予那個角色一個慣性動作，或是習慣性會說的話。而這個習慣性會說的話或是動作，可能會變成伏筆。

我：突然改聊你的表演，是因為我剛開始寫的新小說，可能跟表演有關。就是如何去詮釋另外一個人，或者是如何成為另外一個人。

夏：我覺得詮釋另外一個人，和變成另外一個人，是不一樣的。比如說，現在有A跟B，A想辦法詮釋B，A還是存在的。把詮釋變成模仿，就是A模仿B。如果A是「變成」B，那麼A就不見了。我認為的詮釋是賦予這個角色生命，不只是讓白紙黑字的劇本平平的，而是有情緒、有動作、有語調。但是通常演員在詮釋另外一個角色，在離開角色之後，可以回到原本的自己。但是也有特例，像演《小丑》的希斯萊傑，在他演《小丑》之前，大家都覺得他可能會演不好，不看好他，他就想辦法把自己變成那個小丑，想辦法去做小丑會有的動作、表情、情緒。但是在拍完電影之後，他就完全變成了劇中的小丑。但是劇本裡面的小丑是很黑暗的，情緒比較低落的，他有種種的負面情緒，因為入戲太深而去世了。所以詮釋和變成我覺得不一樣的地方在這裡。

我：這個前後關係，你說得好棒。你理解從詮釋到變成的差異性，特別是你提到希斯萊傑，把自己從詮釋小丑，轉為變成小丑，然後……他就消失了。

夏：他真的是變成，而不是詮釋。以遊戲來說，就是融合到B裡面，A融合到B裡頭，就只剩下劇本裡那個角色了。

我：從許多報導來看，希斯萊傑的死亡可能跟飾演的小丑有關。這點我也是同意的，但他的死應該有更多複雜的原因。我看完他演的《小丑》，有被震撼到。我很難想像一個演員可以變成這樣的小丑。謝謝你的這一段描述，我覺得這是對我有幫助的。

夏：我覺得這樣的討論，有更多空間可以談，以後我們也可以經常這樣對話。

我：跟你對話，也是期待讓你理解，對話本身有很多複雜的細節。對了，你知道我們為什麼要進行這一次的對話？

夏：因為你的父親……去世了。你心裡有事。

我：有些事，只有自己一個人可以處理。其他人幫不上忙。但是，謝謝你的善意和體貼，願意跟我這樣一起說說話。我會一直記住這幾天。我真的希望，我們可以這樣對話，再更久一點。

——本文刊登發表於二〇一九年十二月號《印刻文學生活誌》

文學森林 LF0162

聊聊

作者

高翊峰

一位寫小說的父親。

出版長篇小說：

《幻艙》；

《泡沫戰爭》、

《2069》、

短篇集：

《烏鴉燒》、

《奔馳在美麗的光裡》、

《傷疤引子》、

《肉身蛾》等等；

以及抒情長文：

《恍惚，靜止卻又浮現：威士忌飲者的緩慢一瞬》。

小說已翻譯成英文、法文出版。

封面設計　謝佳穎
內頁構成　楊玉瑩
版權負責　陳柏昌
行銷企劃　楊若榆、黃蕾玲
副總編輯　梁心愉
初版一刷　二〇二二年七月四日
定價　新台幣三二〇元

ThinKingDom 新經典文化
發行人　葉美瑤
出版　新經典圖文傳播有限公司
地址　臺北市中正區重慶南路一段五七號十一樓之四
電話　02-2331-1830　傳真　02-2331-1831
讀者服務信箱　thinkingdomtw@gmail.com
FB粉絲專業　https://www.facebook.com/thinkingdom/

總經銷　高寶書版集團
地址　臺北市內湖區洲子街八八號三樓
電話　02-2799-2788　傳真　02-2799-0909
海外總經銷　時報文化出版企業股份有限公司
地址　桃園市龜山區萬壽路二段三五一號
電話　02-2306-6842　傳真　02-2304-9301

聊聊/高翊峰著.
-- 初版. -- 臺北市：新經典圖文傳播有限公司, 2022.07
272面；14.8×21　公分. -- (文學森林；LF0162)
ISBN 978-626-7061-27-5(平裝)

863.55　111007822